김결수, 〈Labor & Effectiveness〉, 2019 / 30P

박홍순, 〈천진의 농촌〉(2003) / 43P

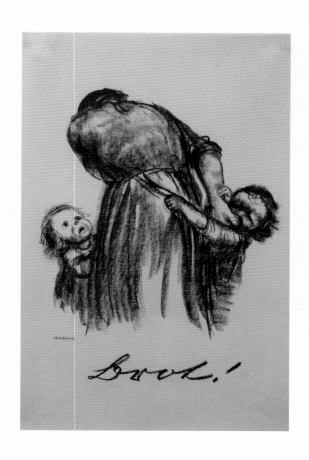

케테 콜비츠〈Bread!〉(1923) / 62P

권도훈, 〈상화와 친구들〉(2021)
권도훈, 〈뜨락을 찾은 이동훈 시인〉(2021) / 88P

정태경, 〈내 친구의 집은 어디인가〉(2015)
정태경, 〈내 친구의 집은 어디인가 - 여섯 송이 해바라기〉(2017) / 100P

정혜원, 〈소혹성 사람들〉(2018) / 134P

몽실 탁구장

몽실 탁구장

지은이 | 이동훈

초판 발행 | 2021년 10월 3일

펴낸이 | 신중현
펴낸곳 | 도서출판 학이사
출판등록 | 제25100-2005-28호

대구광역시 달서구 문화회관11안길 22-1(장동)
전화_(053) 554-3431, 3432   팩시밀리_(053) 554-3433
홈페이지_http://www.학이사.kr
이메일_hes3431@naver.com

ISBN_979-11-5854-321-1   03810

몽실탁구장

이동훈 시집

學而思 | 학이사

詩도
탁구도 폼이다.

걱정이라면

폼 잡다가
재미 놓칠까 하는.

2021년 가을
이동훈

차 례

2부_ 복福은 한 입 거리 수단일 뿐

3부 _ 실망은 기대의 후속 편일 뿐

1부

시인의 생가는 시일 뿐

외투

1842년* 페테르부르크
생활비를 아끼고 아껴 장만한 외투를 강탈당한 사내가
그 후유증으로 죽고 만다.
죽어서 귀신이 되어 고관의 비싼 외투를 벗기고 말았다는.

1940년 농장 자금 문제로 일시 귀국했다가
다시 북만주로 떠나는 유치환을 김소운이 배웅한다.
영하의 날씨에 더 추운 곳으로 저고리 바람으로 떠나는 벗
에게
눈빛으로나마 내내 외투를 입혀주면서.

1955년 겨울 초입, 아내가 중고 시장에서 사왔다는
미제 낙타 외투를 두고 김수영은 고민이 깊다.
밖에서 벗들을 만나면
술을 아니 마실 수 없고 그럴 때면
혼자 외투를 입고 있다는 부끄러움을 어찌 견딜까 하는.

1967년 헌옷 장사를 하던 이소선 여사가
남의 옷만 재단하는 아들을 위해 두툼한 외투를 내준다.

정작 재단사 전태일은
추위에 떨고 있는 시다에게 그 옷을 내주고
대신 소용없는 근로기준법으로 몸의 온도를 올렸다는.

2021년 벽두, 눈발 날리는 서울역
커피값을 구하는
노숙인에게 외투를 벗어주는 사내 모습이 사진**에 찍힌다.
새삼, 외투의 진짜 주인이
누구인지 궁금해진다는.

* 고골, 『외투』
** 백소아 (한겨레신문 기자)

난쟁이 그림

김종삼의 샹뺑을 읽으면
꿈과 현실의 수상한 경계에서 느닷없이
화내는 로트레크를 만나게 돼.
숙취로 몸이 기운 수잔 발라동을 사랑해서
그녀의 자유마저 참을 수 없었는지도.

한국의 로트레크, 난쟁이 화가 구본웅은
이상李箱의 입에 파이프를 물리고
천재의 권태와 우울을 절묘하게도 그렸지.
구본웅처럼 척추 장애를 가진 손상기는
자라지 않는 나무가 되어
술 취한 여자와 달동네를 그리며
어떤 비극에도 지치지 않고 싶다고 했고.

에스메랄다를 지키는 노트르담 꼽추처럼
아름다움에 눈부셔하는 난쟁이들.
이들을 제대로 알아보지 못한 탓에
삶이 오그라든 거라고 고백한 벤야민은
파울 클레의 난쟁이 천사만은 손에서 놓지 않았지.

키 큰 이상이
키 작은 구본웅과 함께 이승만의 삽화로 남을 때
키 큰 김종삼은
엎드려 난쟁이 같은 시를 쓰고
원래부터 난쟁이 식구인 나는
시도, 그림도 작아지지 않는 게 불만이네.

* 관련 그림

로트레크 〈숙취〉(1887), 구본웅 〈우인상〉(1935), 손상기 〈자라지 않
는 나무〉(1985), 파울 클레 〈새로운 천사〉(1920), 이승만, 〈이상과
구본웅〉(유고 수필집 『풍류세시기』, 1977)

몽실 탁구장

동네 탁구장에
몽실이를 닮은, 작은 체구에 다리를 조금 저는 아주머니가
있다.
상대의 깎아치기 기술로 넘어온 공은
되깎아 넘기거나 살짝 들어 넘기고
강하고 빠르게 들어오는 공은
힘을 죽여 넘기거나 더 세게 받아칠 줄 아는 동네 고수다.
하루는 권정생 닮은, 빼빼 마른 아저씨가 탁구장에 떴다.
허술해 보여도 라켓 몇 개를 지닌 진객이다.
몸 좀 풀 수 있냐는 요구에
몽실 아주머니가 아저씨의 공을 받아주는데
조탑동의 인자한 그분과 다르게
이분은 탁구대 양쪽만 집중 공략하는 극단주의자다.
이쪽으로 찌르고 저쪽으로 때리기를 반복하니
불편한 다리로 한두 번 몸을 날려서까지 공을 받아주던
몽실 아주머니가 공 대신 화딱지를 날렸다.
— 이렇게 몸 풀려면 혼자 푸시고요.
— 남 욕보이는 걸 취미 삼지 마시라요.
늙으면 곱게 늙으란 말도 보탰는지 어땠는지

사뭇 사나워진 분위기에
권정생 닮은 아저씨는 허, 그것참만 연발한다.
살살 치면 도리어 실례가 아니냐고
몇 마디 중얼거리긴 했지만 낭패스런 표정이 가시지 않는다.
이오덕처럼 바른 말만 하는 관장의 주선으로
다시 라켓을 잡긴 했지만
이전보다 눈에 띄게 위축된 아저씨는 공을 네트에 여러 번
꽂았다.
그렇다 하더라도 탁구엔
이쪽저쪽을 삥 뽕 삥 뽕 넘나드는 재미가 있다.
몸 쓰며 기분 내는 일이란
사람 사이 간격도 좁히는 것이어서
탁구장 옆 슈퍼에서
몽실 아주머니와 권정생 닮은 아저씨가 우유로 건배를 한다.
아, 이 재미를
오줌주머니 옆에 찬 교회 종지기 권정생은
평생 누리지 못했겠구나.

권정생과 김용락

의성 단촌리 출신, 스물한 살의 문청인 김용락
도서관에서 『까치 울던 날』(1979)을 읽으며
교회 종지기인 동화 작가가 고향집 인근 사람인 걸 안다.
김용락은 자전거에 수박 한 덩이 싣고 가서
입성 초라하고 머리카락 듬성한 사십 대 중반의 권정생을
만난다.
김용락이 랭보를 말할 때 권정생은 광주를 말하고
수박에 답하듯 『사과나무밭 달님』(1978)을 건넨다.
동화 속 달님은
본 적 없는 아버지의, 소식 없는 남편의 그리운 얼굴이지만
김용락의 달님은 권정생 얼굴이다.
사과나무밭 지나 조탑동 교회 문간방으로
오층전탑 곁을 지나 빌뱅이 언덕 오두막으로
혼자서도 가고 식구 데리고도 간다.
첫 시집 『푸른 별』(1987)을 낼 때 권정생으로부터
영원히 소년처럼 깨끗할 듯싶은 시인이란 발문을 받고
다다음 해엔 첫 딸 이름을 받고
딸의 친구 삼으라고 강아지 죽덕이 밥딕이도 받는다.
나중엔 구박까지 받아가면서

권정생이 따로 챙기지 않은 글들을
애써 모으고 묶어서 『우리들의 하느님』(1996)도 낸다.
돈이 안 된다는 이유로
조탑동 가는 길, 사과나무 뿌리째 뽑혀나가더니
돈이 있어도 남북 어린이 몫으로 돌리고
끝내 가난한 삶을 바꾸지 않던 권정생도
평생의 병치레를 끝내고 어매 곁으로 간다.
임종을 지킨 김용락은
살던 흔적을 남기지 마라는 유지는 차마 받지 못하고
일없이 빈 오두막에 앉아
『조탑동에서 주워들은 시 같지 않은 시』(2008)를 받아 적는다.
『강아지 똥』(1974)이 민들레 몸 되고
한 거름이 한 걸음 되고
잘 묵힌 거름이 바른 생을 돕고, 바른 생은 바른 생을 부른다.
사과나무 꽃 없는 밤하늘에
김용락의 자전거가 수박 한 덩이 싣고 간다.

평등한 집
— 김결수 전을 보며

오층만 되어도 아찔한데
자본가와 집주인 욕심은 삼십층 오십층 높아만 가지.
꼭대기까지 물을 대고 전기를 끌어 쓰니
에어컨 저렁저렁, 보일러 꿀렁꿀렁 잘도 돌아.
그럴수록 집 바깥은 뜨거워져 비둘기는 화상 입고
참새는 창유리 구름을 파고들다 머리 깨지지.
다들 다투어 고층으로 오르는 사이
그늘도 그만큼 깊어져 아래층과 이웃은
사철 마르지 않는 빨래가 되어간다지.
바람 길 끊어 놓은 도심의 비정 속에선
신드바드의 마법 담요조차
참새 따라 추락할 것만 같아.
기껏 벽에 달라붙어 건물 옥상에 줄을 쏘는 스파이더맨이
도심의 상상력이긴 할 테지만
줄이 끊어지거나 손바닥에 엉키는 악몽이
안전줄 풀린 유리창 닦이의 운명처럼 불안하기만 해.
그러니
그러니……,
해가 고루 비추고, 바람이 제 길 가고, 새가 자유로이 날도록

오층 이상은 짓지 말아야겠네.

오층이 뭐야.

가장 아름다운 집은 층간 소음 없는 권정생의 오두막이지.

무등 언덕에 권정생의 집들이 마을을 이루는 곳.*

큰 집도 별로 크지 않고

작은 집도 아주 작지는 않아.

색을 내서 자랑이고 싶은 집은 아예 없어.

그곳 어느 집, 방 한 칸 빌린 가난한 화가는

권정생이 바느질하듯, 집집이 양털을 입히느라 골몰하지.

* 김결수 화가는 도마, 나무, 종이 등에 하얀 집들이 옹기종기 앉은
그림을 자주 선보인다.

말아도

마라도 어원을 알려 드릴까요.
먼저, 소주와 맥주를 일 대 이로 말아요.
막걸리와 맥주를 삼 대 일로 말아도 좋아요.
안 말고 싶다고요, 그럼 독도 하세요.
말고 싶은 사람만 잔을 들어서
(다함께) 말아도! 마라도!
어원을 믿지 않는 건 자유지만 말리지는 마세요.
몽마르트에 온, 포의 검은 고양이는
사티의 음악을 말고, 로트레크의 그림을 말고
독주 압생트는 이들을 일찍 말았습죠.
말고 싶은 쪽을 찾아 헤매다가
위트릴로에게 사생아를 물려준 수잔 발라동은
모델을 발라당 벗고 스스로 붓을 든 화가로 나섰고요.
베를렌과 랭보, 고갱과 고흐
그 사이 팽팽한 긴장도 압생트가 대신 말았지요.
세잔과 졸라의 경우는
술 세 잔 더 말면 분명해질 거예요.
이제 서울을 말아 봐요.
구본웅의 우인상에 남은 이상은

불우한 가계와 소설을 말아 날개를 붙이려 했지만
김유정과 함께 폐병으로 주저앉죠.
이상의 연인 변동림은 김환기를 만나고
김환기는 김광섭의 시를 말아
어디서 무엇이 되어 다시 만나랴를 남기더니
다들 주소지를 말고 뭇별이 되었네요.
북쪽의 소월은 꿈을 말고 후배 백석은 연애를 말고
이태준과 김용준의 우정은 전쟁이 말아버렸죠.
북의 경성, 남의 경성 오가던 김기림, 이용악, 김규동은
끊어진 길 한쪽에서 그리움만 말았는데
선 하나 말지 못한 게 평생이니 웃을 수도 없어요.
좀체 섞이지 못한 김수영과 박인환도 저 세상에선 말고 있
으려나요.
이제 그만 말 테니
혹, 더 말고 싶은 사람은 마라도로 가세요.
그곳에서 짜장면만 말지 마시고
이생진과 김영갑을 말아 드시면 좋을 거예요.
마지막 잔을 들었나요.
(다함께) 말아도! 마라도!

이상과 소월

가난한 가계를 위해 李箱은
화가도 시인도 아닌 건축기사가 되어야 했어.
門을 열려고안열리는門을열려고*
휘청거리며 신음하던 李箱을
구한 것은 아이러니하게도 폐병이었어.
일상을 떠나고 싶은 마음에 날개를 주었으니.
술과 예술의 경계가 레몬 향처럼 상큼했을까.
병원의 하얀 시트를 구기던 그날까지.

불우한 가계로 인해 素月은
잠깐의 꿈속에서조차 야위어만 갔어.
아무리 혼자 누어 몸을 뒤재도
잃어버린 잠은 다시 안 오고**
사랑도 꼬이고 인사도 틀린 素月을
위로한 것은 불운하게도 아편이었던 게지.
불면의 고통을 위로받고자
유언도 없이 조용히 누웠던 그 밤에도.

천재를 만드는 게 뼈저린 상실감이라면

평범은 시의 독일지도 몰라.
李箱은 난데없는 까마귀처럼
素月은 불붙는 진달래처럼 살아오느니.

* 門을열려고안열리는門을열려고 - 이상, 「가정」에서
** 아무리 혼자 누어 몸을 뒤재도/ 잃어버린 잠은 다시 안 와라 - 김소
월, 「그를 꿈꾼 밤」에서

길 끝 보리술집

아주 이르거나 웬만큼 늦은 퇴근이면
한 번쯤 옆길로 새고 싶다.
지끈대는 길거리, 호객하는 밤거리 지나
이정표 없는 길로 무작정 걸어가고 싶은 거다.
길거나 짧은 골목을 빠져나와
묵정밭과 도랑물 사이를 걷다가 막다른 길
탁자 하나에 빈 의자만 얌전한
구석지고 막막한 술집에 닿고 싶은 거다.
고춧가루 듬뿍 친 번데기 안주에다
보리술 한 양동이 받아 두고
빈 의자에 어울릴 이름을 불러내고 싶다.
번데기가 불쌍하다며 훌쩍일 박용래
자기 술은 소주로 바꿔 달라는 김종삼
뒷자리 술값과 여비를 요구하는 천상병
나무젓가락으로 번데기 국물 찍어 낙서하다가
기침을 터뜨리고 마는 이상
그 기침까지 따라하는 박인환
김일성 만세할 자유를 중얼거리는 김수영
막다른 집에 몰려 저마다 시끌시끌하다가

들을 거 조금 듣고
흘릴 거 아주 흘려서 가벼워지고 싶은 거다.
길 끝 집이 좋았다고 이상이 인사라도 할 것 같으면
길에도 끝이 있냐며
번데기 앞에 주름잡듯 보리술 냄새피우고픈 거다.
출근길이 퇴근길인 일상에서 벗어나
아주 가끔은
옆길로 빠져 길을 잃었으면 할 때가 있다.
길 끝 보리술집에 앉아
만화책 찢어진 뒷장처럼 궁금해지는 이야길 좇아
오래 홀짝이고 싶은 거다.

동피랑에 오면

동피랑에 오면 통영이 보인다.

강구 안을 내려다볼 것 같으면
서귀포 앞바다와 남덕이 그리운
이중섭의 봉두난발이 보이고.

항구에 철선이 닿을 때면
오르내리는 손님과 화물을 좇는
김춘수의 반짝이는 눈빛이 보이고.

서문고개와 세병관 사이
아버지 집을 멀찍이 돌아서 지나는
박경리의 가여운 자존심이 보이고.

길 건너 이층집을 보며
중앙우체국에 편지 부치러 가는
유치환의 은은한 연애가 보이고.

명정동의 난이를 잊지 못해

술에 취해 시장 거리를 헤매는
백석의 닿을 데 없는 유랑이 보이고.

통영에 오지 못하고
통영의 멸치와 흙 한 줌에 울었다는
윤이상의 서러움이 보이고.

벽마다 꽃피는 동피랑에 오면
중섭과 중섭의 사랑이
통영과 통영의 사람이
무채색 파노라마로 보인다.

기상도 장정

기상도 장정에 흰 띠지를 나란히 두 장 붙인 거
그 한 장은 나요.
나머지 한 장은 벗의 이름에 주리라.

기림 형, 두 갈래 흰 띠지야말로 「길」의 은빛 바다를 나누어 가진 거 아니겠소.

유정 형, 이 은빛이 너무 혹사당해 더께 앉은 폐의 색깔일지 몰라도, 마음만은 기지개하는 당신과 나의 『봄봄』인 줄 아오.

태원 형, 종로네거리에서 만나 경성역으로, 다방으로 전전하던 시절이 엊그제 같으오. 흰 띠지 하나는 구보 씨가 원하는 '생활', 나머지 하나는 내가 원하는 '날개'. 생활이 날개를 편다고 여기니 눈물이 나려고 하오.

태준 형, 오감도로 폐를 끼쳤더니, 『가마귀』로 폐를 앓는 여자를 그릴 줄 몰랐소. 흰 것은 결핵나무요, 바탕의 검은색은 당신이 좋아하는 고목으로 받아주오.

본웅 형, 금홍이보다 더 금홍이답게, 나보다 더 나답게 잘
도 그렸소. 내게 당신은, 세탁부 로자를 그린 로트레크 그 이
상이오. 띠지를 나란히 둔 것은 그대의 작은 몸과 나의 장대
수염이 유쾌하게 마주한 우정이라고 생각해 주오. 이다음에
내 책이 나올 거면 그대와 기림 형이 담당해야 할 줄 아오.

동림 씨, 본웅 형의 소개로 당신을 만났으나 이미, 나는 종
생기를 쓰고 있는 사람. 흰 띠지로 당신을 묶어두더라도 부디
띠지를 풀고 자유로워지길 바라오.

아, 기림 형! 모던한 시집에 장정도 그러할진대 내 이야기
는 전혀 모던하지 않아서 미안하오. 이제, 흰 띠지처럼 남은
생이 쭉 펴지기를 기대하오. 슬픔으로 꼬부라져 돌아간 당신
의 길에서.

* 김기림, 『기상도』(창문사, 1936): 김기림, 이상, 박태원, 구본웅은 이상
을 중심으로 붙어 다니던 사이다. 이상은 『기상도』 장정을 책임진다.

이상이 죽은 후 김기림은 『이상 선집』(1949)을 엮는 데 주도적 역할을 했으며 속지에 구본웅의 〈친구의 초상〉을 넣었다. 이상의 아내인 변동림은 구본웅의 의붓어머니의 이복동생이다. 이후 김향안으로 개명하고 화가 김환기와 재혼한다.

* 김기림, 「길」(《조광》1936. 3. / 『바다와 육체』, 평범사, 1948): 첫 구절이 "나의 소년 시절은 은빛 바다가 엿보이는 그 긴 언덕길을 어머니의 상여와 함께 꼬부라져 돌아갔다"로 시작된다.

* 김유정, 『봄봄』(《조광》1935. 12.)

* 박태원, 『소설가 구보 씨의 일일』(《조선중앙일보》1934. 8~9./ 문장사, 1938): 신문 연재 시 이상이 삽화를 그렸으며, 본문 중에 "이제 나는 생활을 가지리라. 생활을 가지리라. 내게는 한 개의 생활을, 어머니에게는 편안한 잠을…"이란 구절이 나온다.

* 이태준, 『가마귀』(한성도서주식회사, 1937)

* 구본웅, 〈푸른 머리의 여인〉(1935), 〈친구의 초상〉(1935)

양 치는 시인

서울의 시수헌詩壽軒은
시를 오래 쓰겠다는 사람들의 아지트 같은 곳인데
머물렀다 떠나는 사람 중에
홍해리 시인과 박흥순 화가는 살림을 낸 것도 아니면서
수십 년 동거하다시피 지내고 있다.
어느 해 우연찮게 그 집에 들렀다가
박흥순 화가의 그림 한 점*을 오래 보았다.
신작로 미루나무는 미루나무끼리 어깨를 잇고
양떼는 저희들끼리 어깨맞춤하고
양치기는 양 한 마리라도 길 밖에 날까 봐
장대 잡고 뒤에서 따르는데
다들 저녁밥 짓는 마을로 걸음이 바삐 움직인다.
이웃 나라 천진에서 만났다는 양떼 그림을 두고
이웃 동네 삼수에서 양치기로 지냈다는
백석 시인을 생각한 것은 이즈음의 일이다.
문단에 한 개의 포탄처럼 내린 백석이
정주, 서울, 도쿄, 통영, 함흥, 만주, 평양 다니며
종당엔 그 험하다는 삼수에 갇혀 양치기가 되었다는데
쓰고 싶은 글도 못 쓰고 묻혀 살았다는데

아주 불운만은 아닌 건

새끼 양을 손수 받는 일에 감격하고

뛰노는 그 양을 알아보고 제 볼을 비벼대는 마음이 있어서다.

친구 허준이 삼수갑산인들 오지 않을 리 없고

고구려 벽화 모사에 바쁜 정현웅도

거름 내고 우유 짜는 백석의 초상화를 눈에 담아간다.

호박꽃 초롱 보는 날이면, 백석은 남쪽으로 내려간 제자

강소천을 생각할 거다.

나타샤로 불리는 여류들이 꿈으로 와

초롱에 든 반딧불처럼 깜박깜박하는 날도 있었을 거다.

그러고 보니

홍해리 시인의 제자인 박홍순 화가도

시인의 초상화를 여럿 그렸으니

홍해리 시인에겐 박홍순이 강소천이자 정현웅인 셈이다.

시수헌에 여류가 있는지 알 수 없으나

그곳이 어디든 불원천리하고 달려오는 허준 대신

아담한 임보 시인이 술상을 내기도 한다.

시수헌에 양치기 그림이 아직 있는지 묻지 않았으나

양 치는 마음들이

천진과 삼수와 서울을 잇고 있으려니 생각한다.

* 박홍순, 〈천진의 농촌〉(2003)

김수영을 읽는 밤

골골 기침하는 밤
꺼내든 시집엔
때 묻은 러닝 입고
왼손으로 한쪽 볼을 괸, 삐뚜름해진 그가 산다.

술 깨는 새벽 마당에
빛을 모아 저절로 반짝이는 「눈」처럼
살아있는 삶을 위하여 기침 소리 뜨르르한 그다.
포로수용소 생활 이후
빨갱이로 몰릴까 봐 나날이 마음 졸이면서도
그가 아는 「六法全書와 革命」의 관계는
육법전서를 믿지 않는 데서 혁명이 시작된다는 거다.
몽둥잇바람 앞에 「풀」 죽어 있다가도
풀풀 털고 일어서려는 안간힘을 내는 거다.
그런 그가 우스워하는 건
할 말 못 하는 자신의 「死靈」과
입으로만 떠드는 그대들의 자유다.
「어느 날 고궁을 나오면서」 스스로 얼마큼 작으냐며
거듭해서 죽은 영을 흔들던 그는

종국에는 『시여, 침을 뱉어라』며
온몸으로 밀고 나가서 시를 써야 할 것을
전력으로 주문하는 것 아닌가.

자신을 정직하게 발설하고 싶어
목구멍이 따끔따끔해지고
기침 한 번으로 밤의 고요를 깨뜨릴 것 같으면
어둠 속 번쩍이는
그의 깊고 형형한 눈빛에 데인 거다.

세관원들의 오두막집*

세관원이 되어 항구에 정착한 멜빌
기적 소리 길게 울 때마다 밥줄이 밧줄 되어
바다 저쪽 뭉게구름으로 피는 꿈을 뭉기고 있었을 테지.
연필 잡은 손만이 저녁을 기다렸을 테지.

세관원 직에서 해고된 호손
해고란, 벼랑에 밀려 아득해지는 일이지만
그 벼랑 끝에 자신을 세우고서야
헤스터와 펄을 위한 오두막을 지을 수 있었지.

꿈을 위해 세관을 떠난 루소
들어오는 배에 통행료를 물리면서도
정작 자신은 배를 타고 나가는 일이 없었지.
정글을 만나기 위해서 수시로 꿈을 꾸었지만
그가 정글에서 발견한 것은, 오래전 사랑이었다는.

지난 사랑과 새로 오는 사람 사이
입방아에 켕기고 생활비에 쫓긴 모네
파라솔을 든 여인**을 휘감던 바람이 멈추지 않고 쫓아와도

물결은 물결을 부를 뿐 아예 쓰러지는 일은 없을 거라고
불안을 오두막처럼 주저앉히는
가슴벽에 파도가 쳤지.

세관 목록에 가난과 고독만 적고
사랑과 꿈을 적재하지 못해 꿍꿍대다가
볼펜 똥만 하나 둘 찍을 것 같으면
한잔 술에 코 고는 세관원 되어
오두막을 들썩이고 싶은, 그런 오후.

* 모네, 〈세관원들의 오두막집, 오후〉(1882)
** 모네, 〈파라솔을 든 여인〉(1875)

수향산방 전경*
— 수화 김환기의 말

양식을 빌리지 못한 가장 대신
늙은 감나무가 베이고 말았소.
차라리 나를 패서 땔감으로 하지 그랬냐고
말끝에 바늘을 냈더니
굶어 죽든지 얼어 죽든지 하는 판에
생목숨이 나무목숨보다 헐하냐고
향안이 따져 묻는데 그저
나무에게든 누구에게든 미안한 마음뿐이오.
수화 소노인이라고
용준 형이 장난삼아 써준 이름이 내 실질이 되었소.
전쟁 통에 아예 노인이 되어버린 듯하오.
서운하게도, 용준 형의 감나무만은 더 늙지 못하겠구려.
애초에 늙은 감나무 좇아 이사 올 때
태준 형이 선물한 이름이 노시산방인 걸 아오.
그런 감나무를 당신에게 물려받으며
수화 양반, 향안 각시 한집 되었다고 수향산방이라 했소.
늙은 감나무 보러 예까지 온 용준 형
명랑한 그림** 한 점 장난해 준 걸 기억하오.
키 큰 수화 더 크게

키 작은 향안 더 작게

감나무의 감들은 저마다 배꼽 내서 웃게

저 아래 태준네 아이들 얼굴처럼 개구지게…….

한데 다 지난 일이오.

피난 열차에서 부산항까지***

마른 감꼭지 같은 사람들을 지나오면서도

그 위로 조선백자 같은 달이 뜰 걸로 믿었건만

이젠 슬픔 없이 그릴 수 없다오.

용준 형도 태준 형도

잡고 울,

늙은 감나무도 없으니.

* 김용준, 〈수향산방 전경〉(1944): 화가 김환기 부부가 김용준의 노
  시산방(老枾山房)을 인수해 수향산방(樹鄕山房)으로 이름을 바꾼다.
  이제 집도 주인도 바뀌어 그림으로만 옛 자취를 더듬을 수 있다.
** 김용준, 〈수화 소노인 가부좌상〉(1947)
*** 김환기, 〈피난열차〉(1951), 〈부산항〉(1952)

이인성과 이쾌대

대구 계산동 성당 맞은편의 사내
성당의 뾰족탑을 재던 연필로 밑그림을 그리기 시작해.
고흐도 좋고 고갱도 좋지만 이인성은 이인성이어야 해.
광기로 그린 오베르 성당의 유혹을 떨치듯
성당의 벽과 지붕을 반듯반듯 그리고*
고갱의 강렬한 원색 대신 지역 흙 빛깔인 적색을 섞어 그렸
지.
문제는 성당 앞, 감나무
알 수 없는 힘에 이끌려 나무줄기가 구불텅구불텅 휘어진
것은
고흐의 사이프러스 나무가 이인성의 감나무에 썬 것일까.

계산동 언덕을 내려와, 거울 앞에 선 사내
소매를 걷고 자화상을 그리는 중이야.**
다빈치도 좋고 푸생도 좋고
팔레트 든 고흐도 세잔도 마네도 다 좋아하지만
이쾌대는 이쾌대이어야 해.
불안하게 옆을 보는 고흐 자화상과 다르게
자의식의 그늘 짙은 이인성 자화상과 다르게

서글서글한 얼굴 뒤로
야트막한 언덕, 낯익은 길, 나무, 집, 사람,
푸른 하늘, 그 색을 빼닮은 두루마기까지 참으로 시원해.
고흐에게든 인성에게든
이쾌대 저도 예까지 왔다는 자랑이 이리 넘치는 거지.

감나무 줄기를 생으로 비튼 이인성도
뜬구름을 꽈배기처럼 틀어버린 이쾌대도
밋밋한 생을 제대로 흔들어 보기 위해서일까.
요절한 천재는 말이 없고
계산동 언덕엔 모루구름 피었다 고개 꺾고.

* 이인성, 〈계산동 성당〉(1930년대 중반)

** 이쾌대, 〈자화상〉(1940년대 후반)

- 두 사람은 계산동에서 멀지 않은 대구 수창초등학교를 같이 졸업
(1928년)한 인연이 있다.

고목과 길

나무는 앞과 뒤가 따로 없대요.
그래도 보이는 쪽을 앞이거니 하세요.
나무도 당신을 보고 있을 테니까.
찔꺽눈이 된 고목일수록 앞은 더 잘 볼 거래요.
명지바람 불러 스스로 그늘을 말리기도 하는
그런 고목을 만나거든 인사하래요.
길을 가다가 먼발치에서 고목을 보았다면
이미 당신은 그전부터 고목의 눈에 든 거지요.
눈 맞추고 먼저 고개 숙이는 건
어느 대목大木에서나 흐뭇한 풍경이래요.
가까이 고목 곁에 왔다면
나무줄기에 손바닥을 가만히 대어 봐요.
할머니 정령이 들어오지 않나요.
어둠 사이로 내밀하게
찌르르 터 주는 전류에 속이 환해질 거예요.
저기, 엄마 뒤를 졸졸 따라가는 아이*
머잖아 엄마 손을 아주 놓치는 날에는
길도 잃고 고목에 한참을 기댔다 갈 거래요.
의지가지없이 앞뒤 막막한 날

늙어 이파리 하나 없는 고목의

서늘한 곁을 쬐다 보면

끔쩍끔쩍, 길이 서기도 하는 것이지요.

* 박수근, 〈길〉(1964)

이생진과 커피

섬에 미쳤다가 인사동에 빠지고
고흐에 미쳤다가 황진이에 빠지고.
이생진 시인 이야기인데
그의 시편은 문득 미쳐서 오래 헤맨 자취다.
기꺼이 유혹당해서 깊이 앓은 자국이다.
고흐에겐 압생트도 그림도 유혹이고
황진이에겐 연애도 시도 유혹이다.
유혹은, 빠져서 나오고 싶지 않은 세이렌의 노래다.
세이렌의 노래를 들으려는 오디세우스도
바다 풍랑의 진경을 보고픈 터너도
자신을 돛대에 묶어서라도
도무지, 유혹을 견디고 싶지 않은 거다.
남은 여정과 빈 화폭만 없었다면
자신을 유혹 이편으로 가까스로 돌려세우는 일도 없었을
거다.
그 세이렌을 팔아
다국적기업으로 승승장구하는 스타벅스를 두고
이생진 시인은 바닷가 자판기 커피도 좋고
우체국장이 권하는 인스턴트 봉지 커피도 그만이란다.

그림 모델이자 말벗이 되어준 우체국장에게
이생진은 고흐가 되어 찾아간다.
우체국 가는 아침엔
이생진은 커피를 마시지 않고 출발한다는데
이런 소소한 챙김과 인사조차 세이렌의 후렴으로 들린다.
돛대에 묶지 않아도 되는, 유혹인 거다.

여서도 갈 때는

빛에 끌린 볼락이 툼벙거리다 미늘에 낚이듯
섬 소년이 시에 끌려 풀풀거리다 가난에 꿰인 거지.
내, 빈 도시락 같은 종생*이라고
쓸쓸히 적은 김만옥은
능금 같은 딸아이 셋 두고 서른을 살지 못했지.
세월이 흘러 섬 소년의 집은 빈집 되고
빈집은 외양간 되고, 그 외양간 소를 눈여겨보던
이생진 시인은 먼 데 구름에 눈을 주지.
네 마음도 떠돌게 그냥 놔두라**는
독백이 주술처럼, 너울처럼 밀려오면
미친바람이 돌담 구멍을 울고
골목 어디쯤, 빈 도시락 든 소년이 지나가지.
과거는 현재를 몰라보고
소년은 시인을 눈치 채지 못하고
까마귀 되었다가 팽나무 위 구름 되었다가
아버지가 돌아오지 않는 난바다로 가서
수면을 바수고 칩떠오르는 볼락 되었다가
마침내 볼폭탄을 물고 시에 투신하게 된 거지.
여서도 가거든

시인의 생가를 찾는 헛수고는 말아야지.
시인의 생가는 시일 뿐, 여서도 가는 배편에
김만옥과 이생진을 펴 보면
가난한 영혼에 능금 두 알이 드는 거지.

마크 트웨인!

두 길의 수심水深을 통과하라는, 마크 트웨인!*
아기 오줌으로 졸졸대던 건천을 가늘게
가까스로 지나오던 유년에
꿈에도 일렁이던 빛살이었다.

우기가 되어서야 미시시피가 된 도랑
동네 형 허크는 흔들리는 스티로폼에 납작 엎드려
넘실넘실 오는 사과를 잘도 줍더니
균형을 잃고 허우적대다가 먼 데로 흘러갔다.
불었던 물이 빠지면서
꿀꿀하던 돼지 새끼가 도로 사냥감 될 때
길갓집 부끄럼 많은 베키 양은
내놓은 자식인 톰 형과 함께 행방불명되었다.
하수관을 밟고 오줌 누던 나는
금세 차오른 수위에 발목을 오래 적셔 두기도 했다.
도랑물이 머리맡까지 굼실거릴 때
이부자리에 지리기도 하고
덤벙하는 소리에 소스라치며 깨기도 하던 시절
시궁으로 변한 도랑을 박쥐 떼가 날고

그걸 쫓는 돌멩이가 위험 수위를 한껏 높였어도
소설 속 인물처럼
끝내 돌아오지 않는 어머니!
그런 일몰이면
한 길, 또 한 길 수심을 좋이 지내라는
마크 트웨인의 말을 듣기도 했던 것인데
아직도 우기가 되면
수위 조절이 안 되는 가슴 바닥에
몰캉한 그리움의 마크가 산다.

* 필명 '마크 트웨인'에서 '트웨인'은 '둘'(two)의 고어체다. 미시
시피강 수로 안내인들은 조타수를 향해 "마크 트웨인!"이라고 외쳤
는데, 배 밑으로 수심이 두 길 정도 되니 지나가기 안전하다는 뜻이
다.

빵을!*

헨젤과 그레텔은 동화지만
배고픈 아이들은 동화 밖에서 울어요.
계모가 아이를 버렸다고 닦아세우는 건 당신들의 지각일 뿐
일도 없고, 일을 해도 빵이 생기지 않고
씹을 빵이 없으니 가족을 씹고
어머니 아버진 차라리 제정신이 아니고 싶은 게지요.

— 들리나요, 빵요!

암만 보채도 빵을 얻지 못한 아이가
얼굴 찡그리며 우는 건 흔한 가난 풍경이래요.
어머니 치맛자락 뒤에서 조르고 조르다가
끝내 슬픔 한 줌을 받아먹은 아이가 더 흐느끼는 건 뭐래요.
곯는 입에 미안해서
이다음의 허기를 미리 울고 싶어서
한 입의 빵에 폭 젖고 만 자존심이 슬퍼서
아무려나, 등 돌린 어머니의 속울음에 대해선 말을 아낄게요.
그 목숨 같은 빵 조각을 숲길에 흘리는 건 동화적 상상일 뿐
집으로 오는 길에만 골똘해

배고픔이 모든 길을 먹어치우는 걸 몰랐던 거죠.
동화의 끝은 오븐에 구워지는 마녀와
마녀가 누리던 것을 오누이의 것으로 바꾸어
빵 걱정 없이 사는 해피엔딩이지만
정작, 오븐에 넣어야 할 것은 따로 있지 않나요.

― 그래요, 빵요!

너무 당연해서 슬펐다면 다행이에요.
그레텔의 눈물을 닦은 당신 손으로
식탐 센 마녀도 오븐에서 꺼내주는 게 어때요.
마녀는 정신을 놓은 어머니 모습이기도 하니까요.
빵을 나누지 않는,
숨긴 눈물을 끝끝내 외면하는 배부른 늑대일랑
오븐 깊이깊이
불맛 좀 보게 하든지요.

　　* 케테 콜비츠, 〈Bread!〉(석판, 1924)

2부

복福은 한 입 거리 수단일 뿐

소걸음

바쁠 게 뭐가 있겠어요.
약삭빠르게 잇속 챙기는 재주 없이
어깃장 놓고 실속 챙기는 주변 없이
부지런 떨지 않아도 갈 길 가고 할 일 하며
그저 뚜벅뚜벅 걷는 것이지요.
나의 든든한 맹우*
나무그늘에서 느릿느릿 되새김질한 시간이
집채만큼 덩치를 키우고
불뚝하게 뿔을 세웠지만
진짜 믿는 구석은
비탈밭도 묵정밭도 도랑물도 붉덩물도
예사로 흔덕대며 뚜벅뚜벅 걷는 것이지요.
어쩌다 위아래 치는 꼬리질이
툭툭 던지는 농담 같아
한세상 건너는 구색은 된 것이지요.
당신에게 가는 길도
나에게 오는 길도 소걸음이면 좋겠어요.

* 최북, 〈맹우도(猛牛圖)〉

독락獨樂

전쟁의 상흔이 가시지 않은 누항
장검 내려놓은 박인로는 양반입네 하지 않고
직접 농사까지 지을 작정이지만
소를 빌리지 못하여 계획이 꼬이더니 농사를 포기하고 만다.
가난을 원망하지 않겠다는 박인로는
영천 집을 비우고
이언적의 경주 독락당獨樂堂을 찾는다.
독락, 독락, 독락……
독락의 의미를 따지며
계정溪亭과 양진암養眞庵을 오가던 박인로는
이황의 친필 현판인 양진암에서 무릎을 친다.
참됨을 추구하는 집!
밖으로 나가 정치를 하든 농사를 짓든
안으로 들어와 책을 읽든 사색을 하든
참되게 사는 게 관건이라는 그런 깨달음으로 의기투합한
이언적과 이황을
박인로가 새로 깨쳤으니 독락이야말로
깨우친 것을 혼자 즐기는 일이다.
득의의 표정으로 탁영대濯纓臺에 올라

갓끈 씻는 맑음을 속세 사람은 모를 것이라 하더니
정작 박인로 알았을까.
자신이 좇는 이언적이
양동마을 무첨당을 양자에게 물려주고
옥산정사 독락당을 서자에게 물려준 것을.
누가 적자인가? 누가 서자인가?
쓸데없이 따지는 유교 도리도 벗고
미안함을 만드는 속세 법도 따르지 않고
가진 것을 차별 없이 반반 나누어 준 것이니
멀쩡한 자식, 멀쩡하게 둘 다 적자로 대우한 거다.
그러니, 이언적의 독락은
독자적으로 가서 즐거움을 주는 일이다.
계정 앞 물소리를 듣는 사람들에게도
독락은 열려 있으니
독락, 독락, 독락……
탁영대와 세심대를 오르내리던 박인로가
마음을 씻고 독락에서 누항으로 내려서는 게 보인다.
영천 농가로 농기구 빌리러 가는 것인가.
예나 지금이나

독락은
의문을 품고 스스로 답을 구하는 즐거움이다.

일로연과도一路連科圖*

일로연과一鷺蓮果, 백로 한 마리와 연밥 그림이라.
한 번에 합격하라는 일로연과一路連科의 의미인 줄 알면
남의 운수를 빌어주는 마음이 기껍기도 하련만
정작, 그린 이는 폐가의 후손 되어
중동 꺾인 연 줄기처럼 후줄근하지 않았겠나.
온몸에 박힌 가시로 저릿저릿했을 생애
가시의 날을 세우지 않으려 부단히 애를 쓴 날들이
마침내 결실하듯 연밥의 표정이 된 날이 있었다.
그 아래 백로가 무연히 지나고
그 지나던 백로가 둘이 되기도 한 것은 훗날의 이야기다.
다음을 기약하라는 이로연과二路連科의 서운한 말씀일랑
무명화가의 실수로 웃어넘기고
백로의 조신한 걸음새로 그림 밖으로 나가다가 윌커덕!
물풀에 다리 잡혀 곤두박질치는 생각이란

一路에, 잘난 맛에 혼자 웃지 말고
二路, 三路 해서 길을 익히라는 것 아닌가.
옆도 뒤도 보고, 고생 고생해서 깊어지라는 거 아닌가.

묵향이 별건가.
세상에 지고 그 세상을 앓는 마음이
연밥에 스미고 백로로 핀다.

* 심사정 그림

경주 박물관에서

성덕대왕신종을 향해 서 있다가
발치에 숭복사지 쌍귀부를 봅니다.
글발 쟁쟁했을 비문을 지키지 못한 데다
원래 있던 자리마저 떠나 있으니
쳐든 용머리가 계면쩍어 보이기도 합니다.
녹음된 에밀레 소리를 듣는 것보다
조각난 비편碑片 몇 개가 수습되었다는 소문에
귀를 더 쫑긋하고 있을 듯합니다.
쌍귀부가 있던 말방리 언덕에는
몸돌과 지붕돌을 두어 개 빠뜨린
두 탑이 지금도 엉거주춤 서 있답니다.
새것을 끼워 구색을 갖춰도 되련만
한때 자기에 속한 것을 아직은 놓고 싶지 않다고
견디는 자세를 그냥은 풀고 싶지 않다고
눈바람 속을 헤매온 내게 귀띔해 주었답니다.
장신구와 토기가 있는 박물관 내부에도
온전한 것보다 깨진 것이 더 많아 보입니다.
머리와 두 팔이 없는 반가사유상에
오래 머물렀습니다.

이상하게도, 머리가 없으니 더 골똘해집니다.
있지도 않은 손으로 이마를 짚고
겨우 남은 손가락으로 무릎 위를 까닥이니
없는 것들이 자꾸 생각나는 날입니다.
돌아 나오는 길에
발가락에 힘이 잔뜩 들어간 쌍귀부가
먼 산을 당기고 있는 걸 보고 말았습니다.
숭복사지 어둠이 들썩이며
부서진 비편 하나 내놓고 있을지
깜깜 모를 일입니다.

비급전관*

세상 엎을 비결을 내놓을까 말까.
실랑이하는 두 노인.
확 뒤집어서라도 세상을 바꾸어야 한다는 한 노인.
공연히 평지풍파 만드는 일일 뿐
선계의 인간사 참여는 최소한이어야 한다는 또 다른 노인.
옆에서 보기엔
살 길을 내는 비밀 주문 같기도 하고
죽을 길을 예비하는 살생부 명단 같기도 하지.
항간엔 신라적 문두루 비법이라는 설도 있고
속설엔 사라진 도선비기라고도 하는데
다라니경 몇 마디에 혹은
풍수지리에 정도령을 덤으로 주워섬긴들
벼슬아치 부자만 땅땅거리는 세상
실금이라도 그을 수 있을지 몰라.
좋은 옷 입고, 수염 다듬으며
지위도 높고 여유도 있는 자들이 가타부타하는 사이에
비급이 B급이 되는 건 시간문제.
문두루인지 횟두루인지 비서秘書인지 비선秘線인지
숨어서 도마질하면 비겁일 뿐이지.

문 드르르르 열고 세상으로 나오는 게 진짜지.
저 노인 소매 걷어붙이고
고목 가지 꺾어 횃불 들 것 같으면
양식과 우상을 사뭇 태워 평등해질 것 같으면
세상은 그만큼만 환해지는 거지.

* 김명국, 〈비급전관〉: 두 노인이 비급을 펼쳐 보이는 그림

조신*을 만나다

공원 벤치에서 사내를 만났다.
출가 사내는 출세에 대한 미련인 양
베개 대신 두툼한 사전을 머리맡에 두고 있다.
소주와 육포를 내놓았더니
몇 개 남지 않은 이빨마저 흔들린다며
소주만 몇 번 홀짝인다.
식구食口를 나누어 헤어지자는 아내 말을
궁싯대며 떠나왔다는 사내를,
가난과 불운을 말하며
복불복 운수에 매였다는 사내를,
차마 웃지 못하여
이빨 사이 찡긴 포 조각처럼 불편해졌다.
구구한 사정을 짚다 보면
밥이니 복福이니 하는 것은
생계의 최소한이라고
한 입 거리 수단〔一口田〕일 뿐이라고
사전 어느 페이지에도 걸리지 않을 글귀로 와 닿는데
암커나 쓸쓸한 일은
작은 입 하나 건사 못하고

밥 때문에 사랑을 뉘우치는 것이다.
이제 밥도 복도 다 귀찮다는 듯
사내는 신문지 몇 장으로 간단하게 구겨진다.
사내를 두고 온 저녁에
어금니가 욱신욱신 아파온다.
먹는 복도 지지리 없는
출출한 그와 나를 위하여
고기 씹고 세상 씹는 이빨 힘이라도 성하기를.

* 『삼국유사』에 나오는 인물로 꿈속에서 사랑하던 사람과 부부의 연
을 맺으나 생활고로 인해 헤어지게 된다.

허균에게

책을 암만 읽어도 쓰일 데 없어 술로 허송하던 시절, 세상에 천출이 어딨냐는, 기왓장 깨는 당신의 일성이 내겐 바로 길이었습니다. 그 길은 죄 없이 불안해하는 무지렁이들을 깨우는 길, 등쳐먹고 곤댓짓하는 양반 나부랭이를 쓸어박는 길, 태어날 때부터의 차별을 거부하는 길, 뒤두지 않고 나서서 깃발 날리는 길로만 여겼습니다.

슬프게도, 모든 것의 위인 왕과 모든 것이 성은이라고 비위 쓰는 무리가 목줄을 당겨오니 당신은 현실과 타협하는 쪽에 섰습니다. 나를 외딴섬으로 내민 것은 당신이 마주한 벽을 내게 강요한 것입니다. 적통인 당신은, 서자인 나를 홍길동이란 이름으로 세상에 내보냈지만 팔도 어디에서도 나를 허구라 하지 않았습니다. 이는 내가 당신의 분신이라서가 아니라 이 땅의 꿈꾸는 자의 소망이었기 때문일 것입니다.

어느 때고 길이 어두워진 저녁에 당신과 나란히 앉아, 같은 높이로 술 한 잔 나누길 원했습니다. 무수한 밥알의 생김생김처럼 차별 없는 나라를 한통으로 말하는 꿈이 깊었습니다. 허나, 길을 다 걷지 못하고 깃발은 꺾였습니다. 함께 죽을힘으로 가지 못한 탓, 위를 두고 반상의 구별을 없애고자 했던 탓, 질서라는 이름의 폭력을 질서에 순응하며 바루고자 했던 탓입니다. 아, 당신은 이탓저탓 혼자 안고 스스로를 던졌습니다.

책에서 나온 길은 현실의 벽에 막히고 또 막힙니다. 문제는 더 지능적이고 더 견고해지는 벽이 아니라, 길에 대한 확신과 의심 사이에 있습니다. 어찌할까요? 당신이 심어놓은, 그래서 가지 않을 수 없는 평등의 길 말입니다.

오키나와 홍길동

글자 깨치고 할매에게 홍길동전 읽어주던 날부터
내 안에 집 나서는 홍길동이 살아
심지어 교생실습도 오키나와로 갔지.
길동이의 율도국이 오키나와일 수도 있다는 말이
무의식에 남았다가 꿈속에서 찾아간 거지.
율도국 오키나와 한몸 되고부터
내 안에 이상향으로 오키나와가 살아
허균의 몰년 나이 가까워서야 그예 갔지.
코끼리 닮은 만좌모 바위
여긴 만 명도 넉넉히 앉아
활빈당 산채로 딱 좋겠다는 생각인데
홍길동 일행이 실제 내린 곳은
뭍의 저쪽 이시가키섬이라고도 하지.
혹 몰라, 저 거대한 코끼리가 섬을 밟듯이
중국에서, 미국에서, 일본 본토에서 그러했듯이
조선의 길동이도 코끼리 타고
힘없는 원주민에게 창을 쑤셔댄 건 아닌지.
이념의 깃발 올리려 평화를 부순 건 아닌지.
할매에게 유충렬전, 조웅전, 홍길동전 읽어주던 날부터

내 안에, 칼 휘두르는 영웅은 죽지도 않지.
먼 율도국, 먼먼 오키나와.
도적이 없고, 차별이 없고
할매에게 읽어주는 이야기만 끝없이 이어지는
내 안의 이상향.
그 안에 영웅일랑 칼 잡는 대신 길 떠나는 게 진짜지.
방향을 두지 않는 만좌모 바람처럼 오키나와 홍길동
아직도 내 마음에 살아.

암자에서 연암을 읽다

천왕봉에 이마 댈 듯 있어도
쉬이 눈에 뜨이지 않는 심심한 암자.
텃밭 채소와 고봉밥을 멍석돌에 차린
상추쌈으로 미어터지는 점심 공양이 발랄도 하지.
밥 한 술 곰이 넘보고
밥 한 알 새가 거들고
미련하고 정다운 이름에 숟가락을 내어주면
한 입 적게 먹어도 배가 부르다지.
사위가 와서 삼겹살에 밥 한 공기 비웠다는
장인의 일기처럼 유정하다가
국수 한 사발, 소주 한 잔, 오이 한 개, 삶은 계란 세 개* 군
것질했다는
연암의 일기처럼 풍성하다가
그만, 계란 세 개도 아닌데 목메는 건
식은 밥이라도 뺨에 묻혀 달라는 흥부가
고전에 죽지 않고
남은 밥 좀 달라는 유서로, 컵라면 유품으로
미구에 죽고 또 죽어서 그럴 테지.
먹는 일이야말로 시적詩的인 거라고

詩的詩的 우는 새소릴 들으니
세상일 적적하지 않은 게 없지.
산 아래 온 연암이
배고픈 곰의 울음마저 지척인 이곳까지
쌀을 찧어 보낸 날들이 어쩜 있었을 것도 같아.
유배지에서 아들한테로 부쳤다는 고추장 한 단지로
달달하고 매운 쌈을 짓고 싶은
공복을 참지 못하는 그런 암자 하나,
지리산 깊이깊이 숨어 있다는 거지.

* 박지원(김혈조 역), 『열하일기』 중

흥덕왕릉

자욱이 내리는 안개비 사이로
싸울아비 도래솔이 무력시위하는 사이사이로
그에게 간다.
도래진을 꿰뚫어 오르는 산안개처럼
적의를 뚫으면 또 따른 적의가 설계된 길로
서역 장사의 칼, 사자의 송곳니,
사주경계 서는 십이지신을 차례로 지나
천 년 꽃잠 든 그에게 간다.

왕관도 벗고 말채찍도 놓고
혹여 사랑을 잃을까 겹겹이 단속한 후에야
젖은 땅 밑, 아내 유골 옆에 누운
순정의 사내 앞에
그예 흙이 되고 한 호흡이 된 사랑 앞에
무덤의 마른풀처럼 가벼웠을 내 사랑은 자꾸 밀려나
후드득, 빗방울 맞는다.

세상의 길은 다 지워지고
너에게 가는 길만 뚜렷해질 즈음

사뭇 가지 못하면 여기 무너앉으라고
도래솔에 발목 잡히면서
물방울로 터지면서 너를 불러본다.

고산방학도孤山放鶴圖*

매화는 늙어야 좋다는데**
어쩌자고, 늙은 매화 줄기 위로
팔소매 넘겨 몸의 무게를 고스란히 받게 하는가.

누군 학을 기다린다고 하고
누군 언덕 아래 기척을 기다린다고 하고
이래저래 기다림에 지친 거라면
고갤 쭉 빼거나 먼 데 눈을 주면 될 것을
학의 접은 목처럼 노인의 굽은 등만 유난한 것은 뭔가.

학 울음도 매화 향기도
무성無聲 무취無臭에 비할 바 아니라 했으니
이 동산은 오감으로 헤아릴 수 없는 건가.
매화도 늙고, 학도 늙고, 사람도 그만큼 늙어야
가까스로 닿을 수 있는 선계라면
늙은 매화와 한통속이 되어야
등 굽은 세상의 진경 그 입구에 서는 거다.

붓 한 자루 바로 세워

박연폭포처럼 내리뻗던 기세를 간직하고
안으로 안으로 인왕산 능선처럼 굽어진 뒤에야
조용히 깊어지는 세상인 것을.
늙은 나무가 있어
안개도 시시로 살고, 학도 자유로 오가는 것을.

* 정선, 〈고산방학도〉: 간송미술관에 한 점 있고, 독일에서 반납 받
아 보관 중인 왜관수도원에 한 점 있다. 정경이 비슷하나, 간송미술
관 그림에 매화가 한 그루 더 있는데 나무의 그림자로 보기도 한다.
화제에 '鳴似聞之, 香似播之, 曷若無聲無臭' (울음이 들리는 듯하고
향기가 퍼지는 듯하지만, 소리 없고 냄새 없는 것과 어찌 같겠는가)
라고 적혀 있다.
** 김용준, 『근원수필』에서

상화와 고월과 목우와 고양이

상화 생가, 라일락나무 아래
고양이 걸음으로 오는 옛 기척을 듣는다.
나랏일로 팻대 올리는 벗들 속에 술도 못 하는 고월*
얼굴 붉어져 돌아간다.
뜰 안 버드나무에 기대서야 열을 내리는 고월
버드나무 가지에서 내려서지도 못하는 고양이
그 위로 구름 몇 장
상화와 달리 지조도 내세울 수 없고 연애도 그러하지만
고월도 상화도 외로운 건 한가지
고월은 푸른 하늘에 어머니 유방을 그리다가
기갈 든 것처럼 빠는 입 모양을 해보기도 한다.
고양이 수염의 생기까지 보던 고월은 점점 말수를 줄이더니
VO— 우는 기적 소리로 세상을 뜬다.
그간 고월이 안주만 축낸다고 농하던
공초, 무애, 빙허, 상화 등 일급 주당들만 남아
술병을 쓰러뜨리더니 급기야 빙허와 상화도
술병을 얻어 한날한시에 졸한다.
오직, 아는 자라야 알 것이란 무애의 말이 걱정되었는지
목우는 『상화와 고월』에 이어 『씨 뿌린 사람들』로 벗들을

추억하고

자기 시집은 끝내 묶지 않는다.

1924년, 《금성》 3호엔

이전에 없던 고양이가 두 마리나 있다.

봄을 부르는 고월의 고양이와 함께

은행나무 아래, 졸고 있는 목우의 고양이를 누가 봤을까.

그들의 별난 우정까지를.

상화의 라일락나무 아래, 시집을 펴면

고월의 버드나무 위로

목우의 은행나무 그늘로

고양이 걸음으로 사라지는 옛 기척이 있다.

* 권도훈, 〈상화와 친구들〉(2021): 상화의 사랑방엔 상화 이상화, 고월 이장희, 목우 백기만, 공초 오상순, 빙허 현진건, 무애 양주동 등이 모여들었다. 양주동의 증언에 따르면, 술 대신 안주발만 세우는 이장희에게 장난기가 발동한 백기만이 그의 맥고모자를 빼앗아서 망가뜨린 일도 있었다.

참고 시편: 이장희의 「고양이의 꿈」(1925), 「靑天의 乳房」(1925), 「봄은 고양이로다」(1924), 「봄철의 바다」(1927), 백기만의 「은행나무 그늘」(1924)

추사의 佛光을 보며

추사 글씨가 지나간 자리에
마음에 물이랑 짓는 일 만나려면 은해사 가자.
캄캄 바다에 물결 같기도 하고
으스름 벼랑에 폭포 같기도 한 글씨 여러 점
개중에 佛光.
독별나게 아래로 길-게 뻗은 한 획이 평심을 깨는데
弓에 시위 메긴 화살이 땅으로 곤두박질치는 건가.
불심은 땅으로 바닥으로 스미는
하심下心인 줄 알라는 것인가.
밑도 끝도 모를 지경에 마음에 격랑 일 것 같으면
은해사 지나 중암암 가자.
삼층석탑 지붕돌 위로 구름 물결 지나면
맹물이라도 붓 하나 잡고 싶지.
중암中巖의 중中은 입[口]의 가운데를 내리지르는 것.
만약, 추사를 배웠다면
가운데 획을 아래로 길-게 그었을 지도.
좌우에 흔들리지 않게
아니, 좌우로 흔들리며 중심을 놓치지 않게
바닥의 중심까지 닿게

마음의 추,
꾹 눌려 그리고 싶은 거다.

정자와 연못이 있는 풍경

늙은 왕버들 잎잎이 연못 위를 점묘로 그려낼 때
고인은 예까지 오지 못하고
오고 싶다는 절필만 편액으로 걸린
거북 위 청암정*
바깥으로만 떠돌던 그대도
돌다리 건너와 애써 무연했을거나.

다산 들녘에 내린 눈송이는
요절 시인이 보낸 부호일까.
살얼음 낀 연못 쪽으로 그림자 늘인 향나무처럼
귀래정** 난간에 목 빼고 앉아
그대 생각 골똘하니
발밑까지 어두워진 다음에야 먼 데 꿩 울음소리 들리네.

멸문 면한 곡절을 묘골에 와 듣는 사이
지난 사연일랑 아랑곳없이 연꽃과 배롱나무 다투어 붉더니
어느새 저녁놀로 옮겨 붙네.
더위 잊은 하엽정*** 누마루에
굳긴 마음의 주름 펴듯 쏟아지는 달빛을

이 밤, 그대도 볼 것인가.

그대 좇아 단풍 따라 내려가다 길에서 길로 드니
은행잎 쓸려 드는 어변당**** 연못.
고기밥 주던 옛 주인의 마음으로
연노랑 목련 잎사귀에
가만가만 쓴 연서를
무안천에 속달로 부칠거나.

* 청암정: 봉화군 유곡리(닭실마을) 소재. 권벌이 지은 정자로 허목이
편액 '靑巖水石(청암수석)'을 보내고 운명했다 한다.
**귀래정: 경주 강동면 다산리 소재. 여강 이씨의 글방으로 요절한 이
경록 시인의 고향.
***하엽정: 대구 달성군 묘리 소재. 참변을 피한 박팽년의 후손이 지
은 정자.
****어변당: 밀양 무안면 연상리 소재. 박곤이 지은 정자로 연못에 기
르던 물고기가 용이 되어 승천했다는 전설이 있다.

우화루 호랑이*

호랑이 담배 먹을 시절도 아닌데
숲에 버린 아기를 호랑이가 물어 삽짝에 데려 놓았다는
맹랑한 이야기 끝에
빚진 목숨이라며 눈물까지 훔치기에
참말 같은 참말 같은 소설이라 했지요.

우화루羽化樓 벽화에 오니
벽에서 막 뛰쳐나오려는 호랑이
어디든 따라가는 눈빛을 가졌다는 말
어쩜, 사지에서 어린 목숨 건져 올 용맹인 듯도 하여
아닌 게 아니라 긴 것 같은
소설 같은 소설 같은 참말이라 했지요.

계곡에 기둥 세워 걸어앉은 가운루駕雲樓
한바탕 소낙비로 안개 깔리면
구름 되어, 구름 위로 나는 집
빚진, 빛 같은 목숨 태우러 구름 한 채 몰고
세상 안팎으로 홀현홀몰 가는 호랑이

참말 같아 참말 같아 소설 아니라 했지요.

* 가운루와 우화루는 의성 고운사 소재의 누각. 우화루 호랑이 벽화
의 진본은 현재 공양간에 옮겨 보존 중이다.

돌섬에서 띄운 편지

무덤에 합장되기를 거부하던
왕의 여자가 궁을 탈출하고
분노한 왕은 추격대를 보냈습니다.
왕의 여자는 금빛 돼지 되어 섬에 숨었지만
결국, 화살을 맞고 쓰러졌답니다.
먼 옛날 가락국 시절,
몹쓸 권력에 동의할 수 없었던
한 여자의 용기 있는 선택이 금싸라기 같습니다.
그 이야기의 끝을 찾아 돌섬에 닿으니
사랑이라는 이름으로 상처받고
자유의 대가로 화살받이가 된
죽어서도 여자로 돌아오지 못한 영물이
조형물 되어 따가운 햇살에 놓여 있더군요.
한 남자와 한 여자의 엇갈린 사랑으로 시작된 전설이
지금도 무겁게 진행 중인가 봅니다.
왕의 여자가 슬퍼지는 만큼
왕이라는 껍데기 속의 남자도 불쌍해집니다.
사랑이라는 이름으로 가두고, 의심하고, 노여워하는
그래서 사랑받지 못한 남자는

화살을 암만 날려도

그 화살을 제가 다 받아야 하는 운명일 겁니다.

당신과 여기에 왔던 지지난해

국화 축제를 위해 국화 축에 끼이지 못한 풀들이

줄초상을 치렀던 것을 기억합니다.

힘 있는 자의 이기적 사랑이

이렇듯 무고한 희생을 부르는 것이지요.

바람 소리, 파도 소리에 섞여 꿀꿀 소리도 듣습니다.

무늬만 사랑인 줄 의심하라는 뜻입니다.

혹여, 그 남자

무덤에서라도 억울을 말할 것 같으면

물살로 가만가만 치고 가는,

여기는 금빛 반짝이는 당신의 섬입니다.

이인상의 송하관폭도

영영 방심放心 상태가 되어 버릴 수는 없나?*
왜, 이 구절에서 그림 하나 살처럼 꽂혔을까.
아니, 그림이 내내 머릿속에 남아 있다가 문장을 만난 거다.
보라! 이인상의 송하관폭도
이쪽과 저쪽을 가르고 내리치는 물줄기의 파문을.
그 파문이 수직의 부챗살 따라 마구 번져나가는 것을.
저쪽 언덕을 향해 납작 엎드린 소나무는
계곡을 건너게 하는 다리 같기도 하고
이쪽을 막 뜨려는 이무기 같기도 하다.
아슬아슬한 긴장과 넘치는 박력으로
그림을 보는 순간부터 설레지 않을 수 없다.
언덕 이편 너럭바위에 앉아 먼 데를 보는 사내는
이인상 자신이었을까.
명문가 집안이라지만 조부에게 서자 꼬리표가 붙으니
일찍 여읜 아버지에 이어
자신도 서자가 되어 실의의 날을 견디며 깊어지고 있었겠다.
평생의 굴레를 벗지 못하여 입은 다물어도
붓은 가만있지 않았다.
아픈 이를 위해 부채 그림을 선물하고

집 없는 사람을 위해 누각을 그려 보이기도 하면서
인간의 도리를 다할 뿐
사대부면 어떻고 미관말직이면 어떻다는 말인가.
출신과 가계와 사회 공기로부터 풀려나 방심 상태가 되려
는 마음이
그림에 들어 있는 줄 이제 알겠는 거다.
저 음전한 사내
몸을 날려 소나무에 걸터탈 것 같으면
바위를 무너뜨리며 저쪽 하늘로 날아갈 것도 같은데
사내의 침묵은 폭포보다 깊다.

* 이상, 「권태」(1937)

여섯 송이 해바라기

칸나와 호박으로 잘 알려진 화가가
여섯 송이 해바라기*를 그렸네.
칸나 이파리가 그러하듯 선을 내쳤다가 수습하는 데 어려움이 없고
호박 덩이가 그러하듯 송이마다 표정이 있네.
아래 두 송이는 걱정 많은 어른 같아
숙인 고개 밑으로 검은 씨가 눈물로 떨어지네.
위 세 송이는 발랄한 아이 같아
내민 고개마다 모험과 환호의 얼굴이네.
딴 데를 보는 한 송이는 이유 있는 고집 같기만 하고.
화가는 격식을 싫어해 꽃병을 버리고
머무르는 것이 두려워 밑줄기도 그리지 않았네.
거친 드로잉에 맞춤한 색채는
해바라기는 내 것이라고 했던 고흐에게
조금도 질 마음이 없었던 거지.
그렇게 여섯 송이를 떠나오는데
뒷목이 잡히고 말았네.
호박도 칸나도 여섯 송이 해바라기도 다 둥둥 떠서
슬픔 아닌 게 있냐고,

슬픔 아닌 게 있냐고, 세게 몰아세우는 거였네.
그제야, 바람 속을 지나는 실루엣이 보여.
내 집도, 내 친구의 집**도 먼 데만 있고
검은 씨, 한 톨 한 톨의 슬픔만 간직한
밀밭의 고흐 같은 사내가 보여.

* 정태경, 〈내 친구의 집은 어디인가 - 여섯 송이 해바라기〉(2017)
** 정태경, 〈내 친구의 집은 어디인가〉(2015)

식사

남을 위해 살고 싶다고
탄광촌 전도사 되어 보리나주로 혼자 떠난 고흐.
전도傳道란 길을 안내하는 것인데
가보지 못한 길을 어찌 안내하나.
자신은 탄광 광부와 동등한 노동자일 뿐임을 생각하지.
밭에서 씨 뿌리듯 막장에서 석탄 캐듯
그림 씨 뿌려 주렁주렁 그림 캐는 노동으로 살고픈 거지.
그렇게 결실한, 감자 먹는 사람들…….
어둡고 퀴죄죄한 풍경에 다들 고개를 돌렸지만
그림은 그림이 뚫고 가야 할 시간이 있는 법
백 년도 더 지난 어느 날
그 궁기를, 그 불빛을 좇아 또 다른 보리나주
사북 탄광촌에 짐 부리고 식구까지 데리고 온 사내.
탄가루에 눈을 다치고서야 붓을 잡았다지.
감자알 놓인 저녁 식탁, 희미한 램프 빛으로
고단한 노동을 감싸고 싶었던 고흐처럼
갱도 바닥에 둘러앉은 광부들의
가장 어두워야 할 식사에 헤드 랜턴의 빛줄기로
황재형은 가 닿고 싶었던 거야.

화가가 한 칼 한 칼 먹인 금싸라기 길은
땀 흘리는 노동의 길이고
가난을 차별 없이 밝혀주는 평등의 길이지.
고흐가 놓은 전도傳道를 황재형이 잇는 것일까.
그렇게 눈부시긴 해도
궁기를 아름답다고 말하는 건 조심할 일이지.
비탈길에 딱지처럼 붙은 가난
함석지붕 밑 달리아조차 왜 그리 정겹고 슬픈지
다 알 리야 없건만 다 안다는 듯이
산길 빠져나가는 앰뷸런스 소리 듣기도 했을 것을.

* 황재형 그림: 〈식사〉(1985), 〈달리아〉(1998), 〈앰뷸런스〉(1982) 순
으로 인용

위층 아래층

예술한다는 부부가 아래층에 이사 왔다. 예술하니 예민해서 그런가, 위에서 너무 쿵쿵댄다는 말로 인사를 대신했다. 까탈진 전화가 시시로 오면서 예술 안 하는 우리 부부도 덩달아 예민해졌다. 말소리든 문소리든 발소리든 소리 나는 것은 다 켕겼다. 더는 안 되겠다며, 어린것을 요조숙녀로 키울 순 없다며, 아내는 아래층 요구에 모르쇠 놓기로 작정했고, 깩소리 할 주변도 없는 나는, 예술은 빌어먹을 예술이냐며 한마디 거드는 것은 잊지 않았다. 층층이 모질고 면면이 달갑잖아서인지, 예술이 안 되어서 그런지 아래층 부부는 짐을 부려 나갔고, 위층의 우린 예술 안 하는 사람만 기다리고 있다. - 위층에서

지옥에서 보낸 한 철*이었다. 그림 좀 그려보겠다고, 딸 좀 공부시키겠다고 조용한 외곽을 택해 온 것이 악마의 한 수가 되었다. 화폭에 붓이 지날 때 위층 아이들의 발도 같이 놀더니 어떤 때는 쿵 소리에 덧칠한 그림물감이 떨어지기도 했다. 딸이 귀마개까지 쓰는 걸 보고, 위층에 전화 넣고 쪽지 붙이고 몇 번이나 사정사정했지만 그때그때 건성으로 응할 뿐이다. 아이 안 키워봤냐고, 위층 부부가 다짜고짜 싫은 내색이

104

면 물렁한 남편은 그저 아연해하다가 애꿎은 그림만 쭉쭉 그어대는 것이다. 결국, 전세를 빼고 이사 비용을 날렸지만 위층 없는(하늘만 위층인) 삶이 천당인 줄 안다. - 아래층에서

* 랭보 시집 제목

3부

실망은 기대의 후속 편일 뿐

평행봉 고수

밖으로 돌다가 만난 평행봉 고수. 다리 끝으로 차 오르는 폼이 국가대표급이다. 집 대표 자격으로 봉 잡고 서너 차례 흔드니 팔다리에 쥐가 논다. 고수는 혀를 찬다. 중요한 것은 기본이고, 기본은 버티기란다. 고수답게 날아서 착지한 것까진 좋았는데 수업료로 담배 한 가치를 빌려서 살짝 김이 샌다.

고수는 철봉으로 떠나고, 평행봉 자리에 걸터앉으니 잠자리가 따라 앉는다. 잠자리 자취 따라 몸을 뒤로 젖히니 하늘 구멍이 아찔하다. 가랑이를 양쪽으로 벌린 채 버티는 것과 떠나는 것 사이, 생의 평행에서 탄력 있게 뜰 것을 기대하지만 주정꾼의 노래만 가깝다.

실업은 취업의 다음 편일 뿐이고, 실망은 기대의 후속 편일 뿐이다. 버틸 수 있을 만큼 버티는 것과 버티고 싶은 만큼 버티는 것의 종잇장 차이를 화두 삼아 평행봉 고수의 문하가 되기로 한다. 떠나고 싶을 때 떠나는 최종 편은 뒤로 미룬다. 실업도 실망도 심심해지는 하루하루, 평행봉 고수들이 늘어간다.

1955년 대구, 이중섭은

그림 팔아 자전거 사서 간다고
한 달 만 기다리라고
도쿄의 아내와 두 아들에게 편지를 거푸 쓴다.
서울 이어 대구 전시회도
그림만 나가고 돈은 들어오지 않으니
낙담은 깊어져 어떤 것도 수습하고 싶지 않다.
백록다방에서 그린 은지화
찻값 대신 내미는 것조차 낯이 뜨겁다.
밥 먹기도 귀찮아진 중섭은
정신이 까무러질 때까지 술 마시고, 술 마시면 운다.
그림이 원수다.
경복여관 아궁이에 불쏘시개로 쓰려는 그림을
최태웅이 겨우 건져내고
정점식이 보관하던 은지화 수십 점은 주변으로 흩어졌다.
심지 끝까지 타 들어간 중섭의 마음을
『바보 용칠이』 최태웅이 함께 울어주다가
태전동 집으로 데려가면
최태웅의 아내가 중섭의 울음을 다독인다.
최태웅의 딸과 함께

왜관 순심병원, 구상에게 얼마간 있던 중섭은
자전거 탄 아들을 흐뭇하게 안아주는
〈구상네 가족〉을 화폭에 담아 선물하는데
가녘에 어쭙잖게 앉은 중섭의 손이
자전거 손잡이를 잡은 아이 손에 닿아 있다.
도쿄의 아들에게 내미는, 미안한 손이다.
이젠 미안한 것도, 미안하다며
영혼에 북북 철필 긁히는 소리가 날 때 즈음
성가병원에 입원 중인 중섭이
고향도 도쿄도 아닌 서울을 선택해 가지만
죽음으로 기운 삶을 돌이키지 못한다.
이듬해 아내를 잃은 최태웅도
중섭이 죽고 없는 서울로 향한다.
태전동 시절, 중섭이 그렸다는
〈새장에 갇힌 파랑새〉는 날개 꺾인 화가 자신이며
1955년, 전쟁 이후의 폐허를 견디는
주변인들의 슬픈 자화상이다.
1956년 끝자락, 대구 꽃자리다방에서
구상의 『초토의 시』 출판기념회가 열린다.

오상순이 서울 청동다방을 비우고
반갑고 고맙고 기쁜 표정으로 있는 동안
내려올 수 없는 중섭은
〈물고기와 노는 아이들〉 표지 장정으로 웃고 있다.

대구 르네상스 다방과 그 이후

1951년, 피난지 대구 향촌동
박용찬이 레코드를 트럭으로 부리면서
르네상스가 열렸네.
김동진, 신동집, 양명문, 최태웅, 최정희, 이중섭 등
글 쓰고, 그림 그리고, 곡 만드는 예술가들이 수시로 출입
했네.
부산 스타 다방에서 비운에 간 전봉래를 추억하며
동생 전봉건이 바흐를 틀고
전봉래의 벗, 김종삼이 바흐를 듣고 드뷔시를 기다렸네.
음악을 듣거나 술을 마시는 중에도
내일을 모르는 불안 시대를 예증하듯
멱살 잡거나, 잡히는 일들도 종종 있었네.
마해송은 아들 마종기를 르네상스로 불러
우유와 함께 슈베르트 가곡을 떠먹였고
어쩌다 다방 출입에 나선 황순원은
신문배달에 나선 아들 황동규와 마주치는 걸 힘들어했네.
수창 초등학교에 다니던 최정희의 두 딸은
훗날 소설가가 되어 이상 문학상을 차례로 수상하고
어머니를 좋아하는 이상李箱의 연서를 공개하기도 했네.

떠날 사람 하나 둘 떠날 때도
르네상스 다방과 인근 주점을 다니며
최태웅을 배우고, 구상을 따르던 윤장근은
대구 문단 인물사를 쓰며 이들의 부재를 두고두고 서운해
했네.
호수, 르네상스, 백록, 모나미, 청포도, 꽃자리, 백조…
다방 간판은 줄줄이 떨어져 나가고
그 안의 숱한 사연과 예술 자취도 잊히어 가고 있네.
그나마, 시간을 역전해서 가는
종로 어디쯤, 미도美都 다방
가난하고 아름다운 도시를 생각하는 옛 기억의 찻잔에
그리움을 동동 띄워주고 있다는.

김종삼과 시인학교 그리고 이후의 시인들

오민석은 하도 읽어서 표지가 너덜너덜한 시인학교를
젊은 날의 자양분으로 삼았고,
홍옥 한 알로 김종삼을 추억하던 정진규는
어느 날 시인학교를 읽으며 펑펑 울기 시작했고.

김종삼에게 술을 사고 싶었던 황동규는
술 대신 점박이 눈을 맞으며 추모시를 써야 했고,
황동규가 부고장을 들고 지났던 길음시장에서
박중식은 김종삼을 만나 그의 쓸개를 걱정하며 술을 샀고,
이후 박중식은 사비 들여 시비 세우는 데도 열심이었고.

군 시절 첫 휴가 복귀를 앞둔 허연은
김종삼을 읽고 생에의 의지로 몸을 떨며
그를 제외된 자의 눈부심이라고 메모해 두었고,
인천 송학동에 있던 장석남은 김종삼 부음 소식을 듣고
뭔가 의미 있는 일을 하고 싶어 헌혈을 했고.

김종삼 캐리커처를 그린 김영태는
아리스 다방을 출입하며 모리스 라벨을 함께 좋아하더니

김종삼류로 불리는 것을 마다하지 않았고,
삼인 시집을 같이 펴내기도 했던
김광림, 전봉건도 광화문 네거리의 허전함을 견뎌야 했고.

광화문 지나는 길, 김종삼이 내민 손바닥에
얼마간의 돈을 얹어주어야 했던 장석주는
자신이 엮은 김종삼 전집을 찾으며
숨어 있는 자는 발각되기 마련이라고 여겼고,
두 번째 김종삼 전집을 낸 권명옥은
그리움이 자라는 양지쪽에 어머니와 김종삼을 두었고,
세 번째 김종삼 전집을 내는 데 힘을 보탠 이민호는
박용래, 김종삼 이후 더 이상의 시인은 없다고 했고.

시인학교 이후를 아는지 모르는지
벙거지 눌러쓰고 슬쩍 일어나는 사내 등 뒤로
그때인 양 아름다운 햇볕이 놀고 있고.

* 관련 시: 오민석 「푸른 잎새 사이로 태양은 지고」, 정진규 「홍옥 한

알」·「김종삼(金宗三)」, 황동규 「점박이 눈」, 박중식 「舌音시장에
서」, 장석남 「송학동3 - 김종삼 부음」, 김영태 「金宗三문학상 시상
식」, 김광림 「김종삼(金宗三)」, 장석주 「김종삼 전집 - 주역시편 22」,
권명옥 「양지쪽」, 이민호 「시인의 얼굴 - 김종삼」, 김종삼 「시인학
교」·「따뜻한 곳」

라면 혹은 냄비에 대한 추억 셋

오 원 십 원 하던 만화에 푹 빠진 동무는 제 점방을 털었어.
냄비에 든 동전 몇 닢 그러쥐고 시장 길까지 줄달음질쳤으
니
그런 풍경도 꽤나 만화적이었을 거야.
점방 아주머니 병나고
점방 아들 철나면서 만화의 세계를 일찍 졸업한 건
꼽사리 끼던 내겐 몹시 불운한 일이었어.
냄비의 축난 돈을 아는지 모르는지
셈도 없이 라면 끓여주고 아들 대하듯 머리 쓸어주던 아주
머닌
언젠가부터 보이지 않고
점방 문이 닫히고, 점방 아들은 점점 먼 데서 편지를 부쳐
왔지.

지방 대학 시절, 계단 밑 지하 창고를 자취방으로 썼어.
안 그래도 곤로의 석유 냄새로 지끈거렸을 머리인데
낮은 천장을 깜빡한 대가로
콘크리트와 그 세기를 겨루었으니

한 발 늦은 후회와 자책으로 머리통을 꾹꾹 눌러대어야 했
어.
라면 봉지와 계란 몇 개 들고 방문했던 벗들도
좁은 문으로 엉거주춤 들어와서는
나갈 땐 무심코 일어나서 그예 번갯불을 냈지.
그때부터 머리 감싸는 게 생활이 된 벗은
냄비의 라면 맛만큼은 기절할 정도라며 지금도 엄지를 세
우지.

누군 라면 몇 박스 없애고
낮잠으로 국방부 시계를 다 돌렸다는데
삽자루 몇 개 부러뜨려도 막막하던 초병 시절
고향 안부를 묻던 선임이 느닷없이 암호를 대라고 했지.
손목에 적어둔 글자도 못 보고 바짝 얼어 있으니
헬멧을 개머리판으로 찍지 않겠어, 젠장!
그나마 바로 졸도한 게 재수야.
다시 지워지지 않을 암호는 '종로' 그리고 '냄비' 였으니
그날 이후 구세군 냄비만 봐도 절레절레하지.

졸고 졸아서 바닥이 헌 양은 냄비
신발장 위에 놓인 냄비에 동전 몇 닢 쨍그랑하니
호기심 어린, 점방 아들 같은 눈이 따라오지 뭐야.
그래, 지금
라면 익는 냄새로 흠흠거리는 저녁이야.

숙맥과 도사

맞선 열 번에 바람맞기만 하고 바람맞히지는 못하는, 한쪽으로만 부는 바람, 재미없는 숙맥이 그날도 바람맞고 제 딴에 답답하여 관절 꺾는 소리 내며 피칭머신에 왔어. 이건 공을 치는 건지, 허공을 치는 건지, 두어 개 빗맞히고 몸살 나서 엎어질 것 같은데, 신운이 되려는지 아까부터 거적자리에서 사주 운세 보던 도사가 금쪽같은 말을 내는 거지.

— 끝까지 보고 맞추어야지.

딱히 자기 보고 한 얘기가 아니어도, 속살에 댄 부적처럼 지르르, 눈이 열리고 귀가 뚫리는 순간이었어. 혀 차는 소릴 달게 듣고 동전 내미니 도사가 보란 듯이 열 개의 야구공을 부챗살 타법으로 때려내는 거야. 숙맥이 공 빠져나간 구멍처럼 환해진 얼굴로 그간 마음에 재어 놓았던 말을 꺼낸 거지.

— 한 번이라도 제대로 맞추고 싶어요.

구멍을 두려워 말라는 직구 같은 말을 듣고 숙맥이 황송해 있는데 도사는 별 대수롭지 않은 걸 가지고 그런다며 규칙적

으로 운동하고 동전만 떨어지지 않게 하라는 거지. 도사가
야구공을 때리며 관절을 푸는 사이, 사주 풀이는 제대로 바
람내고 싶다는 숙맥의 오랜 바람을 읽고 있는 중이야.

무협지를 읽으세요

삶이 길다고 푸념하지 마시고 그런 날엔 무협지를 읽으세요. 재미는 기본, 생의 비결은 덤이라지요.

첫머리에 허연 수염발 노인을 만났네요. 칼로 일가를 이룬 뒤 칼을 걱정하다가 칼에 맞는 게 노인의 운명이죠. 칼끝은 노인의 아들마저 겨누어 벼랑으로 밀지만 죽지 않는 건 아시죠. 바닥은 새로운 기회인걸요. 아들은 전설의 고수를 만나 절정의 무공을 익히며 애송이 티를 벗죠. 우연의 남발이라고요. 설마, 누군가의 도움 없이 당신이 예까지 왔다고 생각하진 않겠지요. 복수의 일념으로 진도를 쏙 빼는 중에도, 악당의 칼 솜씨가 만만찮고 악당을 닮지 않은 딸로 인해 일이 꼬이기도 해요. 마음 가는 대로 칼이 움직인 뒤에야 정리될 것만 정리되죠. 어때요, 기대에 한 치도 벗어나지 않아 맹하다고요? 언제든 지나친 기대가 말썽인걸요. 신물 나는 선악의 이분법이라고요? 골머리 앓을 일 없이 단순한 게 좋지 않겠어요. 아직, 마지막 매듭이 남았네요. 함부로 칼질하는 세상을 끝내려면 누군가는 칼을 멈춰야 해요. 두 동강 난 칼, 그 앞에 무릎 꿇고 눈물 흘리는 악당과 그의 딸로부터 주인공이 점점 멀어지면서 고전은 완성되지요. 이런 선택이 개운하지 않나요? 사람은 쉽게 변하지 않는다고요? 그러면 용서받지 못할 악당이 뒤를 노려 찌르기 자세로 들어가는 건 어떤가요. 악당의 딸이 주인공 대신 칼 맞는 장면을 상상했다면 너무 상투적으로 슬퍼서 도리어 기억에 남을 거예요.

칼, 칼 하는 세상에 한 칼 하는 생의 비결을 얻으셨나요? 다 들었잖아요. 뻔한 이야기를 싫증 내지 않는 거예요. 삶이 아직도 심심한가요? 무협지 한 권 읽으실까요?

양말을 곡하다

마른빨래를 개는데 양말 하나가 빈다. 의심나는 곳을 샅샅이 뒤져도, 의심할 필요 없는 곳까지 낱낱이 들춰도 양말은 완전범죄로 감쪽같이 사라졌다. 열린 창문이 불안하고, 닫힌 서랍도 믿을 수 없다. 사소한 일을 사소한 대로 지나지 못하니 점점 신경질이다.

짝 잃은 양말을 피의자로 세우고 엄정한 심문에 들어간다. 양말이 발에서 벗겨져 나간 시간대부터 알리바이를 추궁하고, 주변에서 보아 왔던 미심쩍은 눈길을 쪼개고 붙이며 몽타주를 그린다. 어렵게 재구성한 사건은 실마리 대신 별별 억측을 낳는다. 양말은 둥글게 말려 야구공처럼 날아갔을까. 양말에 다른 배후가 있는 건 아닐까.

이제 진실은 존재조차 의심스럽고 불안이 불안을, 의혹이 의혹을 키운다. 이쯤 되면 감정만이 진실이다. 약이 오른 나머지 양말에다 무작하게 가위를 댄다. 시원한 것도 잠시, 등받이에 보란 듯이 걸어앉은 양말 한 짝의 눈총을 받는다. 어쩐다, 인색한 기다림과 애먼 가위질로 멀쩡하게 요절한 삶이라니!

언제든 후회는 남은 자의 몫. 양발 모아, 양손 빌어 이쪽저쪽 양말을 조문할밖에.

꿩 두고 닭

어정쩡 씨와 멀쩡 씨가 시비가 붙었다.
어정쩡 씨가 꿩이 '꿩' 하고 울지 했더니
그러면 닭이 '닭' 하고 우냐고
멀쩡 씨가 면박을 준다.
꿩이 꿩 하고 운다고 해서
닭도 닭 하고 운다는 법이 어딨냐며
어정쩡 씨가 맞대꾸를 하는데
마침, 닭이 지나가며 닥, 닥 한다.
귀가 번쩍 뜨인 어정쩡 씨는
이것 보라고, 닭도 닥닥 한다고 했더니
닭이 구구 하는 걸 두고 웬 억지냐며
멀쩡 씨는 답답해하며 제 가슴까지 친다.
결국 지나가는 사람에게 묻기로 했는데
꾸꾸, 꾸꾸댁, 꼬꼬, 꼬끼오가 번갈아 나온다.
구닥구닥이라고 말한 사람이 있어서
멀쩡 씨의 눈총을 받았지만
끝내 닥닥은 나오지 않았다.
꿩 잡는 매가 된 멀쩡 씨는 사기 백 배 오르고
닭 쫓던 개 꼴이 된 어정쩡 씨는

허튼소리꾼으로 몰려 간신히 한마디 내놓는다.

암만 그래도
꿩은 꿩 하는데…….

라일락 카센터

십 년 묵은 중고차
기름밥 먹고도 헉헉거려
라일락 나무가 있는 동네 카센터로 갔다.
새 차 살까요, 집은 나중에 사고.
아내는 어려운 걸 쉽게 말한다.
그래서 좋다.
볼일 보고 돌아온 길
그새 라일락 향이 얼마나 들었던지
차 엉덩짝에서도 들썩들썩
늙은 수리공의 몸놀림에서도 폴폴 터진다.
엔간히 되었는지
뚜껑 닫는 소리가 쨍한데 뜬금없이
엔진 소리가 코 고는 소리 같잖냐고 물어오는데
왜 지난밤 곯아떨어진 아내 생각이 났을까.
주저대는 게 딱했는지
이만하면 굴러가는 걱정 놓아도 된다며
빙긋 웃는 수리공 뒤로
바람 따라 빗질하는 라일락이
뭐가 우스운지 허리를 꺾는 통에

아껴둔 봄날이 한꺼번에 터져 나왔다.

모깃소리

자정 넘어 오늘도 전쟁이다.
벌써 세 번 겨뤄 두 번 잡고 한 번 놓쳤다.
앵앵거리는 소리를 들으면 피가 끓는다.
벌떡 일어나서 전등 켜고 노는 손으로 파리채 잡는다.
이등병 시절, 야간 경계 앞두고 동작이 굼뜨다며
몇 번 조인트 까인 뒤, 선임의 호흡만 듣고도
한 손으로 철모 잡고 다른 손으로 총을 잡는 식이다.
물론, 모기도 호락하진 않다.
녀석들의 전략은 한 번에 승부를 걸지 않는 거다.
초짜 모기가 파리채에 당해 벼루박에 납작하게 가셨다고
행여 마음을 놓을라치면
머잖아 벌겋게 부은 총상 자국을 벅벅 긁게 될 것이니
체면을 이만저만 구기는 게 아니다.
녀석들이 극성일 때야 모기약이나 방충망을 쓰기도 하지만
왠지 정당한 싸움이 아니란 생각이 든다.
피를 봐야 사는 모기 입장을 헤아릴 처지는 아니지만
모기 신神은 날개만 줄 것이지 날갯소리는 왜 준 거냐고
저들도 지청구하지 않겠나.
모기도 나도 이 전쟁에 들어선 이상 물러설 순 없다.

입구멍 콧구멍으로 이산화탄소를 내뿜으며
행방을 감춘 모기를 기다린다.
차츰차츰 커지는 앵앵 소리에 눈꺼풀이 끝내 반응하지 않
으면
침 한 대 깊게 맞게 된다.

그래, 그래, 져도 된다고
모깃소리로 누가 왔다간 거다.

야구의 영혼에 씌다

잠결에 야구의 영혼*이 들어오지.
자리에서 쓱 일어나
내복 유니폼으로 방문을 나가지.
창밖은 꺼질 줄 모르는 광고판 조명.
새시 문에 얼비치는 내 모습은
왼 다리를 천천히 올리지.
몸을 바로 세워 균형을 잡고 던지기 자세로 들어가지.
왼팔은 던지는 방향으로 두고
오른팔은 엉덩이 뒤로 뺐다가 어깨 위로 넘어오지.
디딤 발로 몸의 중심을 옮기며
공 던지는 시늉을 하는 거지.
상대가 없으니 싱겁긴 해도 참 열심이지.
몸이 풀린 야구의 영혼은
왼 다리를 더 높이 치켜 올리지.
몸을 뒤로 꼬았다가 풀면서 가슴을 내밀지.
팔 회전을 크게 하고 손목 스냅으로 채면서
그 쏠리는 힘으로, 전력으로 날아가는 거지.
그렇게 나를 던졌으면
넌 절대 나를 맞추지 못했을 테지.

꼼짝없이 맞아 날아갈 거였다면
한 번쯤 저 광고판에 작렬하여 불꽃으로 터졌으면 싶지.
이 밤도 몸을 풀다가
스르르 빠져나가는 야구의 영혼.
자면서도 손바닥을 둥글게 마는 것은
폭포수처럼 꺾이는 마구를 익히려는 거지.
너에게 나를 소리치고 싶은 거지.

* 장수철의 시, 「야구의 영혼」에서 빌렸다.

마다가스카르의 웃음

소혹성 사람들* 찾아
바오바브나무도 아닌, 어린왕자도 아닌
입성 허름한 사내와 딸을 마주했다.
널빤지 몇 장 덧댄 창틀
녹슨 못대가리에 녹물 자국이 한 뼘이어도
그 아래 즈음에선 말라 있듯이
궁기 줄줄 새는 가난이라도
창밖을 내다보는 사내의 주름 많은 웃음이 맑디맑다.
대책 없이 자식새끼 줄줄 내고도
그저 착하게 웃는 홍보 표정이랄까.
농사 지어 밥심으로 살고
가난도 웃을 수 있으면 좋으련만
매품 팔러 나간 홍보처럼
마다가스카르 사내는 먹는 입을 챙길 뿐
돈 주는 자의 주문에 따라
천 년 아름드리나무를 넘어뜨릴 뿐
망가져 가는 숲에 대해선 침묵한다.
소혹성을 망친 것은 한 그루 나무라고
어린왕자가 말한 것은 어린왕자가 어렸기 때문이다.

둥지를 잃은 새들
갈 곳을 찾지 못한 여우원숭이만 머릴 갸웃하는
여긴 마다가스카르
흘러가는 구름에 나무 의자를 내어 주고
창틀 구도에 잡힌 사내와 딸을 다시 본다.
가난도, 걱정도 다 내려놓고
저리 환한 웃음이라니!
지구 반대편 입꼬리마저 들게 하는.

* 정혜원 사진전(2018)

배달 소년

7, 80년대 신문 배달 소년과 신문팔이 사진*을 보면
다 내 얼굴 같고 내 친구 얼굴 같아.

저 아이도 뺨이 무사했을까.
새벽 네 시, 열한두 살짜리의 잠이란 기절과도 같아서
흔들어도 안 되고, 세워도 고꾸라지니
쩔쩔매는 마음으로 뺨을 때렸을 테지.
양말 두 켤레 껴 신고도 발끝 시린 날,
신문에 광고지 넣을 때면 손에 입김을 몇 번이나 모아야 했
어.
아파트 꼭대기 층에 신문 넣고 옆동으로 넘어가는 옥상만
큼은 좋았어.
부잣집 소년이 읽고 버린 명작을 주워 안고
해 뜨는 여명에 세상이 잠깐이라도 눈부실 거 같으면
공중을 걷고 걸어 미시시피까지 가는 상상을 했지.
자전거 로시난테는 남은 신문 부수를 알뜰히 지킬 뿐
이 바닥을 뜰 줄 몰랐으니
모험은 책 밖으로 나서지 못하고 별책 부록 같은 얼굴로 다
음을 기약하게 했지.

때때로 신문이 빠졌다고 성을 내는 사람들
함부로 신문을 넣는다고 눈을 부릅뜨는 사람들
마음에 켕겼다가
배달 주소를 영영 잊어버리는 악몽에 시달릴 때
뺨 한 대 철썩이면
형수에게 뺨 맞은 흥부처럼 고맙기도 했지.

지금 옛 사진을 보면서
뺨이 부푼 것은 어금니를 앓아서이기도 하지만
아직 살지 않은 모험이 삐져나오려고 깐보기 때문이지.

* 최민식, 『휴먼 선집』(2012)에서

그는 선생이다
─ L 선생님께

그는 생태주의자다
지구를 위해 차를 사지 않을 작정이었지만
뒷날 중고차를 타고 다녔다.
어쩔 수 없는 상황에서
다소 유연한 태도를 취하긴 했어도
그때나 지금이나
그는 생명 가진 것들을 귀하게 여긴다.

그는 진보주의자다
오른쪽 왼쪽의 균형을 얘기하면서도
정작 자신은 왼쪽을 딛고 있다.
평화와 평등과 녹색으로 한참 기울어 있으면서
반대쪽 얘기도 열심히 듣는 귀를 가졌다.

그는 이야기 전공자다.
젖병을 들거나 바랑을 메는 자기 이야기도 곧잘 하지만
옛이야기 공부와 정리를 평생의 업으로 삼고 있다.
구운몽으로 문학치료에 나선 것도 좋은데
팔자 좋은 양소유는 멀리하고

성진처럼 외롭게 사는 듯해서
다들 존경만 하고 부러워하진 않는 눈치다

그는 운동주의자다.
얼마간 마라톤에 푹 빠져 지내더니
다리를 절뚝이며 탁구로 돌아왔다.
핑 퐁 핑 퐁 주고받는 것만이 능사는 아니다.
작은 몸을 둥글게 말았다가 펴는 순간
라켓에 타격된 공은 매섭게 날아간다.
그 속도 그 탄력으로 그는
제자들을 운동권으로 모는 재주를 지녔다.

그는 도서관 연구동 불빛이다.
가장 오래 불 켜진 창은 밤하늘 별처럼 은은하다.
또 하나의 불빛도 옆에 있지만 까치집에 다녀왔는지 술기
운으로 흔들린다.
그도 흔들림이 없는 건 아니다.
검은 눈의 아다다여를 구성지게 부를 땐
연구동 불빛이 그의 눈에 옮겨와 반짝인다.

그는 사진사다.
행사 때마다 무보수로 스스로를 고용하여
아무 데고 쪼그려앉아 잘도 찍는다.
폼은 엉성할지 몰라도
문장론을 수업할 때보다 더 아름다운 수업이 아닐 수 없다.

그는 선생이다.
가족을 건사하고 이웃을 살피는 중에
반쯤 수도자로 살고 반쯤 선생으로 산다.
배우는 게 평생의 일이고
그걸 나누느라고 앳된 얼굴이 늙었다.
그런 그를
나의, 우리의 선생이라고 말할 수 있어서
그 인연이 고맙기만 하다.

미나리의 말

남에게 엉너리 못 치는 주변으로
빈 화분만 남은 풍경으로 쓸쓸하더니
논도랑에 비죽비죽 돋은 것을 화초 대신 들였어.
흙 돋우어 물 인심 푸지니
푸르르 떠는 몸짓이 저도 반가운 게지.
볕과 그늘을 가리지 않고 날로 그들먹하니
이태준의 파초가, 김용준의 감나무가 부럽지 않고
갈매나무 보는 백석인 양 뿌듯하기까지 했는데
매사에 건성이라 얼마간 잊고 있었더니
흙바닥에 너부러져 기절할 줄이야.
미안한 마음에 서둘러 물 대고
안쓰럽게 지켜보다 잠깐 졸았을까.
실뿌리까지 물켜는 소리를 듣고 깨는데
청청해진 고것이 눈을 마주쳐 왔어.
피할 수 없었어.
순해진 어린애처럼 고분고분 듣고 만 거야.

사랑은……
너무, 늦지, 않게, 움직이는 거라고.
한 마디씩, 까닥까닥 전하는 것을.

민들레

넌,
사랑스러워.

담벼락 밑, 미루적미루적 내민 얼굴
안녕, 인사하면
앙칼지게 삐죽 삐치는 이파리, 그 작은 성질머리.
골목 안, 그늘을 애써 거두어
스스로 먹먹해진 눈빛
그 낱낱의 빛을 어두운 구석방에 쬐고 싶어
너를 안고 들어온 날
내 얼굴이 먼저 피어났건만
잠시, 잠깐이었어.
이제껏 숱한 낮밤을 열고 닫았을 너
무엇이 조급증을 키웠을까.
제 몸의 빛을 바깥으로 죄다 밀어내고
하루 만에 늙어 툭, 떨어져 나갈 줄이야.
꽃자리에 든 어린 씨앗도
놓아 달라고 움찔대는 저녁
단단하게 여윈 몸에

봄을 다 살지 못한 푸념만 살아.

난,
길들고 싶지 않아.

청도清道 기행

　청도, 한 음절씩 소리 낼 것 같으면 뱃속에 든 맑은 바람이 입술 열고 한데로 나간다. 팔조령 고갯길에 혼자 쉬어가던 날들의 바람 소리는 터널로 내려와 울고, 그 바람 맞으며 선암서원 배롱나무는 붉어지고, 적천사 은행나무는 노래지고, 운문사 처진 소나무는 세월 모르고 푸르기만 하다.

　아지랑이 필 땐 남산 구름에 눈 주고, 더운 날엔 낙대 폭포에서 물맞이하고, 갑작바람 이는 날엔 읍성에서 달맞이하고, 길 따라 창녕, 밀양, 언양까지 다녔다. 그사이에 애인도 생기고 아들딸도 얻으니 청도는 언제든 바람내는 고장이다.

　제철에 산나물 나고 철철이 복숭아 익고, 집집마다 감나무를 식구로 둔 청도. 민물 잡어처럼 드세고 날렵한, 바닥에 익숙한 청도 사람들. 오일장 추어탕으로 섞여든 잡어들이 감칠맛 내듯 이것저것 네것 내것 따지지 않는 허술한 잇속으로 청도는 꽃바람 속이다.

　역 앞, 기적 소리에 냅뛰어 가던 아이가 기차 사라진 저편을 보고 있다. 오래전 누군가의 모습으로 그렇게 오래오래 서

있다. 청도, 나직이 소리 낼 것 같으면 미처 입으로 새지 못한
바람이 소 울음처럼 깊은 곳에서 논다.

개도와 낭도 사이

낭도에 왔을 땐 바다 저쪽이 개도인 줄 몰랐죠.
몇 해 지나 개도에 오고서야, 아- 저기가 낭도구나 했죠.
낭도에 있던 옛적의 나와 아내와 어린것은
물 건너, 세월 건너 개도에 와 있을 줄 짐작이나 했겠어요.
지난 기억이 막걸릿빛으로 부옇기만 해요.
낭도에 다녀와서도 개도를 지나왔어도
적바림할 어떤 기록도 갖지 못하는 건 무슨 이유일까요.
할 말을 다 해버린 사람은 기억을 소진할 일만 남은 걸까
요.
아이들이 부쩍 자라는 동안, 개도의 날도 곧 잊히어 갈 테
죠.
아직, 할 말이 있다고 이렇게 끼적이지만
개도와 낭도 사이, 말문이 닫히는 걸 어쩌나요.
개와 늑대의 시간처럼 경계에 갇혀 자꾸 모호해지는 이 글
을 어쩌나요.
개풀리는 언어와 낭패스런 문장 사이, 갈 길을 잃었어요.
한 잔 술로 기분은 돌려도 과거는 흐려질 뿐이죠.
익힌 문어 고기로 막걸리 비우던
낭도의 입맛도 개도의 사람도 다시 오지 않는 걸 알겠어요.

과거를 주워 담지 못하는 언어가, 미래를 당겨쓰지 못하는
언어가
　개도와 낭도 사이 소용없이 헤매고 있는 거죠.
　개도에 개 있고 낭도에 이리 없듯
　있으면 있게, 없으면 없게 그냥저냥 쓰지 못하고
　개도와 낭도 사이, 열리지 않는 말의 침묵이 길어요.
　그러는 사이, 아내는 한국기행 애청자가 되어가고
　조금 더 큰 아이들은 더 이상 따라나서지 않으려 하죠.
　저마다 자기 섬에 들어 말수가 줄었어요.
　개도 낭도 섬 섬,
　지난 섬과 가 보지 못한 섬과 얻지 못한 언어 사이에
　썸(something)타는 계절이 더디 가요.

우포늪에서

물비늘에 끌린 아이는
미루나무 사이로 춤추며 내려가다가
맨바닥에 자맥질하고.

놀란 울음을 다독이던 할배는
길섶 꽃나무의 꽃을 빌려 꼬막손에 주었네.
닥지닥지 않은 하얀 꽃
종일 시들지도 않고.

아이가 꽃잠 드니
할배는 나직나직 흥얼거리네.

조팝나무 꽃이 필 때면 콩 심을 때라고.
조팝나무 잎이 단풍 들 때면 콩은 콩깍지를 뜨는 거라고.

구부스름한 왜가리는
잇대 놓은 콩마당 같은 늪에 발을 묻고도
먼산바라기만 하고.

고월 이장희를 찾아서

이동훈

1. 이장희와 친구들

대구읍성은 대구를 대표할 만한 상징성을 갖고 있었지만 대구 군수였던 박중양에 의해 1906년에 철거된다. 읍성철거는 성 경계 부근에 집중적으로 모여 살던 일본인들의 상권을 보장해 주는 조치가 되고 말았으니 친일파 박중양이 조정의 지시를 어겨가면서까지 성을 허문 이유를 짐작할 수 있다.

읍성을 따라 동, 남, 서, 북 네 방향으로 진동문, 영남제일문, 달서문, 공북문도 함께 철거되고 이곳에 성이 있었다는 흔적만 거리 이름에 남았다. 당시 북성로와 서성로가 만나는 지점에 망루인 북장대가 있었고, 북장대 가까이 서소문을 하나 더 두었다. 북장대의 대각선 방면, 동성로와 남성로 사이엔 남장대가 있었고 곁에 동소문을 두었다. 이처럼 대구읍성은 외부 침입을 대비하고 성 안팎을 출입하는 유동 인구를 감안한 계획적이고 현실적인 성문 배치를 갖고 있었으나 하루아침에 헐리고 만 것이다. 성벽으로 쓰인 반듯한 돌들은 학교 담장 등으로 여기저기 빠져나갔다.

남성로 끝 지점과 서성로가 시작되는 분기점에 우뚝 솟은 계산동 성당(1902)은 주변에서 가장 눈에 잘 띄는 건물로 이 지역의 명소다. 계산동 성당 옆은 이상화 형인 이상정의 고택으로 현재 바보주막 간판을 달고 음식점으로 운영되고 있다. 인근에 이상화가 죽기 전 4년간 살았다는 고택(계산동 2가 84번지)도 잘 보존되어 기념관을 겸하고 있다.

계산동 성당에서 염매시장으로 이어지는 남성로는 약전골목이 자리하고 있고, 이 골목 어딘가에 이상화, 이장희와 두루 친분이 있었던 현진건이 태어난다. 대구에서 현진건의 고택을 특정하지 못하고 있는 사이, 현진건이 서울에서 머물렀던 부암동 집터도 표지석 하나만 남기고 사라졌다. 이는 「운수 좋은 날」, 「고향」 등 수준 높은 단편소설을 쓴 작가에 대한 예우가 아닌 건 분명하다. 일장기를 지우고 손기정 선수 기사를 내면서 직장을 잃고 옥살이를 한 그런 희생에 값하는 대우는 해주어야 하지 않을까 싶은 것이다.

이상화 고택을 끼고 계산동 성당 바깥을 돌아가다 보면 김원일 소설가의 『마당 깊은 집』 기념관이 나오고 한두 블록 지나 골목에 들면 '봄고로' 게스트하우스가 나온다. 이곳 남현수 대표는 이장희 시인의 시 「봄은 고양이로다」에서 가게 이름을 빌렸다.

남성로에서 큰길 건너 더 남쪽 편은 남산동이다. 공초 오상순이 부산과 대구를 오가며 남산동 여관에서 한때 머물렀고, 이 무렵 이장희와 가장 깊이 교분을 나누는 사이가 된다. 이장희 사후 1938년엔 남성로에 이상화의 도움을 받아 '아시아'란 이름의 어묵집을 내기도 했지만 파는 술보다 마시는 술이 많아서 망했다는 얘기가 전해진다.

『상화와 고월』(1951)을 써서 이상화와 이장희의 삶과 작품을 세상에 알리는 데 결정적 역할을 한 백기만도 남산동 출신이다. 1952년 가을, 남산동 교남 학원 자리에 들어선 상고 예술 학원은 상화와 고월의 첫 글자를 빌려 작명한 것이다. 피난지 대구가 문예부흥의 산실임을 증명하듯 조지훈, 구상, 박영준, 최정희 등 화려한 강사진을 갖추고 출발한 상고 예술 학원은 이년 반 만에 막을 내린다. 이후 백기만은 누가 읽어도 많은 영양소를 얻을 수 있는 글이라고 자신하면서, 대구 경북권 예술가들의 삶을 다룬 『씨 뿌린 사람들』(1959)을 출간하기도 했다. 백기만의 주소지는 남산동 284번지로 지금의 인쇄 골목 초입에 위치해 있으니 계산동에서 큰길 건너면 지척이다.

이장희 시인의 생가는 서성로 달서문 안쪽, 중구 서성로 1가 103번지다. 경상감영 자리가 가까이 있었고, 뒤편 종로 초등학교는 경상감영 감옥이 있던 자리다. 이장희의 옆집은 이상화 시인의 백부인 이일우의 집이다. 1904년 이일우는 서소문 밖, 현 대구은행 북성로 지점 자리에서 우현서루를

운영한다. 우현서루는 만 권의 책을 갖춘 도서관이면서 다수의 독립운동가를 배출했던 교육기관으로 이상화가 다녔던 곳이다. 우현서루의 후신인 교남학교에서 이육사가 공부를 했고, 뒤에 이상화가 교남학교 교사로 얼마간 재직했다.

1915년, 이상화의 백부인 이일우는 옆집에 사는 이장희의 친부인 이병학과 함께 일본 군부대가 대구에 거주해 줄 것을 요구하는 청원서에 나란히 이름을 올림으로써 바뀐 세상에 뜻을 한결같이 하기가 얼마나 어려운가를 보여주었다.

뒷날 이일우의 후손이 이장희 집을 사서 편입시키면서 두 집은 같은 주소지로 검색되지만 2021년 현재, 아파트 개발 부지에 들면서 두 집의 운명은 극명하게 갈린다. 이일우 집만 보존하기로 결정이 나서 이장희 생가를 비롯해서 개발 부지의 나머지 집들은 흔적 없이 사라졌다.

이장희 생가에 면한 서성로를 가로질러 골목 하나만 지나면 이상화 생가다. 주소지는 중구 서문로 2가 11번지와 12번지에 해당하는 공간으로 현재 찻집을 겸한 '라일락 뜨락 1956'과 주변 부지까지 포함된다. 권도훈 대표는 200년 가까이 된 라일락나무에 반하여 이곳에 자리를 잡고 이상화 시인을 알리는 일도 같이하고 있다. 봄고로 게스트하우스 주인과 함께 이장희 시로 짐작되는 시 한 편을 발견하여 이를 고증하는 작업까지 하고 있으니 이장희와 이상화의 인연이 한 세기를 건너서 다시 연결되는 느낌을 준다.

이상화 생가는 이상화뿐만 아니라, 그의 형제인 이상정, 이상백, 이상오가 태어나고 자란 곳이기도 하다. 맏이인 이상정은 앞서 얘기했던 계산동 성당 뒤편으로 분가해서 십여 년 지내다가 독립운동에 전념하기 위해 중국으로 망명한다.

이상화의 생가 사랑방은 언제든 손님이 넘쳤다. 학문과 예술적 소양을 겸비한 이상화는 사교성이 좋은 데다 집안의 부를 바탕으로 인심을 낼 줄 알았다. 여기에 더해 지도자의 기질과 지사의 풍모까지 지니고 있었기에 다들 상화를 중심으로 모여든 것이다. 이장희도 상화의 동네 친구면서 사랑방 손님이었다.

상화 사랑방 손님 중 고월 이장희와 가까이 지낸 인물은 공초 오상순, 목우 백기만, 빙허 현진건 정도이다. 서울 출생인 오상순은 이장희보다 대여섯 살 많았다. 이장희, 현진건은 1900년생, 이상화는 1901년생, 백기만은 1902년생이다. 서울 시절 어울렸던 무애 양주동은 1903년생이다. 그럼 이들을 위주로 주변에서 이장희를 어떻게 보고 어떻게 기록했는지, 그 기록의 이면에 어떤 사실이 숨어있는지 한 걸음 들어가 볼까 한다. 이장희의 삶과 예술이 녹아 있는 시 몇 편이 이 여정에 재미를 더하게 될 것이다. 인용 시는 김재홍이 엮은 전집을 바탕으로 하되, 현대 표기에 맞게끔 일부 수정을 했다.

2. 하늘에 떠 있는 어머니 유방

이장희의 아버지인 이병학은 소금 도매업으로 치부한

실업가로 중추원 참의까지 지낸다. 중추원 참의는 조선총독부 자문 기관으로서 적극적인 친일파에게 주어지는 명예직에 가까웠지만 일제 강점하의 조선인에겐 출세의 증표와도 같은 것이었다.

읍성을 무너뜨린 박중양도 중추원 참의를 거쳐 부의장까지 지낸 인물이다. 박중양은 러일 전쟁 시 일본군 통역으로 자원하면서 열렬한 친일의 길로 들어서며 부와 권력을 잡았다. 국채보상운동을 이끈 서상돈과 다르게 그의 둘째 아들인 서병조도 적극적인 친일로 돌아서서 중추원 참의를 지내면서 행세했다. 주변 분위기에 먼저 편승한 이병학은 아들 이장희가 통역 일을 도우며 일인들과 친분을 쌓고 자신의 사업을 이어받길 원했다. 사업에 일절 관심을 보이지 않는 아들을 위해 조선총독부에 취직을 알선하기도 했다. 이마저 이장희가 응하지 않게 되자 이병학의 분노를 사게 되고 결국에 이장희를 없는 자식 취급하는 데까지 이른다. 아버지에게 삐딱할 수밖에 없었던 이장희의 이런 태도의 배경엔 어머니의 이른 죽음과 아버지의 두 번의 재혼에서 오는 혼란을 우선 꼽을 수 있겠다.

어머니 어머니라고
어린 마음으로 가만히 부르고 싶은
푸른 하늘에
따스한 봄이 흐르고
또 흰 볕을 놓으며

불룩한 유방이 달려 있어

이슬 맺힌 포도송이보다 더 아름다워라

탐스러운 유방을 볼지어다

아아 유방으로서 달콤한 것이 방울지려 하누나

이때야말로 애구(哀求)의 정(情)이 눈물겨웁고

주린 식욕이 입을 벌리도다

이 무심한 식욕

이 복스러운 유방……

쓸쓸한 심령이여 쏜살같이 날라지어다

푸른 하늘에 날라지어다

- 「青天의 乳房」 전문 (《여명》 1호, 1925년 6월)

　　이장희는 아버지 이병학과 어머니 박금련 사이 3남 1녀
중 셋째다. 이장희가 겨우 다섯 살 되던 해 어머니가 병으로
죽고 만다. 이병학은 두 번째 부인에게 6남 5녀를 두는데 계
모는 전처 자식들과 데면데면했다. 세 번째 부인은 4남 2녀
를 낳았다. 그러니 형제 많은 집안에서 아버지의 사랑을 기
대하기 어려운 처지였고, 나이 차도 나지 않은 계모와도 형
식적 관계만 유지했을 뿐이다.

　　일찍 여읜 어머니에 대한 그리움은 「청천의 유방」이란
이 한 편의 시에 감각적이면서도 곡진하게 담겨 있다. 어린
이장희는 어머니가 그리울 때 하늘을 보기도 했고, 하늘을
보다가 어머니를 그리워하기도 했다. 하늘이 어머니 유방으
로 가득 차고 마는 건 어머니에 대한 그리움과 채워지지 않

는 목마름이 시인의 내부에 꽉 차 있어서다. 포도송이에 입을 대듯, 탐스런 어머니 유방에 얼굴을 묻고 싶은 심정을 있는 그대로 표현한 것이니 과장을 쓰되 과장이 아니고, 상상을 빌리되 상상만은 아닌 게 된다. "애구의 정"에 스스로 눈물 낸다는 것은 슬픔에 사무치도록 어머니 사랑을 구하는 감정이 아닐 수 없다. 이런 간절한 소망에도 불구하고 어머니 가신 후론 어머니를 대신하거나 이를 메꾸어 줄 현실의 사랑을 만나지 못했다는 데 그의 근원적 슬픔이 있다.

이장희에게 애인은 없었는가. 양주동은 기억한다. 자신에게 보낸 이장희 편지에, 일본 유학 시절 흠모하던 에이꼬라는 여성을 귀국해서도 다시 만나러 가고 싶다는 표현이 있었다는 것이다. 하지만 실제 연애가 있었다기보다는 이장희가 "여성의 환영을 이상애理想愛의 대상으로 삼고 고이고 이 혼자 동경하고 혼자 애모하면서, 그것을 그의 예술적 영감의 원천으로 삼고"('낙월애상', 『상화와 고월』) 있었을 뿐이라고 양주동은 이해한다.

이상적인 어머니 상, 그 어머니를 닮은 연인을 꿈꾸는 이장희는 "동경의 비둘기를 높이 날려라,/ 흰 구름 조는 하늘 깊이/ 마리아의 빛나는 가슴이 잠겨 있나니"('봄하늘에 눈물이 돌다」 중)에서 보듯 어머니의 존재를 성모 마리아와 동일시하기에 이른다. 완전한 사랑 속에서 평화를 찾으려면 오염된 땅을 떠나 어머니가 있는 푸른 하늘로 날아가는 수밖에 없다. 하지만 현실은 냉랭했고 그가 안길 곳은 없었다. 다만 어두운 방에 들어서 철필로 그림을 그리거나 연필로 시를 끼적이는 일들만이 잠시나마 날개가 되어주었을 것이다.

아버지의 기대에 부응할 수 없었던 또 다른 이유는 아버지의 친일 행위에 대한 최소한의 거리두기다. 이는 무엇보다 이장희가 사귄 친구들의 면면과 관련된다. 먼저, 이상정, 이상화 형제는 독립에 대한 의지를 갖고 실천했던 인물들이다. 또래의 이상화는 백기만과 함께 3.1만세 운동을 주도했고, 이후 「빼앗긴 들에도 봄은 오는가」(1926)를 발표해 민족의식을 드높였다. 1927년엔 남산동 언덕에 살던 이육사 형제가 조선은행 폭파 사건에 연루되어 3년 가까이 옥살이를 시작하게 된다. 이처럼 1910년대와 20년대까지는 젊은이들 사이에 일본의 조선 강점에 대한 반감과 조선 독립에 대한 의지와 기운이 이어지고 있었다. 이런 분위기 속에 이장희에게 친일 부호의 아들이란 자리가 결코 자랑일 수 없었고, 그렇다고 아버지를 무시하고 또래와 어울리는 데도 한계가 있었을 것이니, 그 어정쩡한 위치에 아버지와 친구들 사이 양쪽 모두로부터 자꾸 겉돌게 되었을 개연성이 높다. 여기에 예민한 기질까지 더해져 우울증과 신경증이 그의 영혼을 조금씩 잠식해 가고 있었다.

3. 눈처럼 깨끗하고 싶은 마음

백기만은 대구공립보통학교를 이장희와 함께 다녔지만 특별히 가까이 지낸 것은 아니라고 『상화와 고월』에서 썼다. 나이는 백기만이 이장희보다 한 살 아래지만 입학은 두 해 먼저 했다. 보통학교 시절, 이장희는 당대 부호의 아들로 몇 번의 반장을 하고 모필 글씨가 전교에서 제일이라는 평을 듣기도 했다.

하지만 이장희가 주위에 끼치는 실제 영향력은 미미했고 오히려 놀림을 받는 쪽이었다. 친일 부호의 자식이란 게 떳떳하지 않았겠지만 누가 뭐라든 현실적으로 잘나가거나, 아버지나 계모의 전적인 지지를 받는 것으로 이를 상쇄시키는 경우도 없지 않을 텐데 이장희는 그렇지 못했다. 백기만은 동무들이 이장희를 '꿀봉'이라고 놀려 주는 것을 한두 번 본 적이 있다고 했고, 일본 유학 중 고향에 들른 이장희가 상화 사랑방 밑을 지나갈 때 친구들이 꿀봉이 처마 밑으로만 다닌다며 비웃는 장면도 소개한다. 백기만은 꿀봉의 의미를 인색하다는 정도로 이해했지만, '봉'의 사전적 의미인 "어수룩하여 이용해 먹기 좋은 사람을 비유적으로 이르는 말"에 더 가까워 보인다. 반세기 후의 전사戰士 시인 김남주 별명도 물봉이다. 얼핏 이장희나 김남주는 결이 사뭇 달라 보이지만 순하고 맹하게 보이는 사람의 내부에 자의식이 펄펄 끓고 있었다는 점은 퍽 닮았다.

백기만은 일본 와세다 대학에 적을 두었던 양주동, 유엽, 손진태와 함께 의기투합해서 만든 문예지 《금성》 3호(1924)에 동향의 이장희와 이상백을 끌어들였다. 문학적 교류는 이장희에게 소중한 기회였지만 여기서도 이장희는 동인들과도 한통속으로 어울리지 못하고 양주동 집을 종종 오갔을 뿐 고독하게 보내는 시간이 많았다. 이 무렵 현진건과 함께 서울 장사동의 이장희 집을 찾은 백기만은 세간 없는 냉방에서 잡지 여백에 철필 인물화만 그리던 이장희 모습을 목격한다. 현진건은 그 집 벽에 '장안의 씨닉스 굴!' 이라고 낙서를 남겨둔다. '씨닉스Cynics' 는 문화생활을 하지 않았던 견유학파犬儒學派에 빗대어 거지 굴과 비슷하다는 뜻에서 쓴 말이다. 이장희의 가난은 아버지가 원하는 일을 하지 않는 대가였다. 스스로 가난 속에 있으면서 부정한 돈이나 남부끄러운 명예를 추구하지 않겠다는 의지의 소산이기도 했다.

> 고마워라
>
> 눈은 땅 위에 아낌없이 오도다
>
> 배꽃보다 희도다
>
> 너무나 아름다운 눈이길래
>
> 멀리 신성한 것을 이마에 느끼노라
>
> 아아 더러운 이 몸을 어이하랴
>
> 고요한 속에
>
> 뉘우침만이 타오르다 타오르다
>
> - 「눈」 전문 (《新民》 19호 1926년 11월)

오염되지 않은 순수에 대한 시인의 지향이 이 시 한 편에 오롯이 들어 있다. 순도 백 프로의 "너무나 아름다운 눈"을 추구하는 마음이 눈보다 더 하얄 거라는 생각마저 든다. 백기만에 따르면, 이장희는 자신을 뺀 모두를 속물로 인정

할 정도로 유별난 결벽증의 소유자다. 이 점은 《금성》 시절, 가까이 지냈던 양주동의 말에서도 확인된다. 이장희는 수줍어하는 성격과 함께 철저한 결벽 때문에 비사교적이었으며 그의 죽음도 극도의 신경쇠약을 지병으로 갖고 있었기 때문이라고 했다. 오상순 역시 이장희는 걸핏하면 속되다, 속물이다 외치며 세속화된 현실과 거리를 두었기에 세상과 아예 타협할 도리가 없었다고 말한다. 부정한 세상과 부정한 사람을 미워하는 건 좋지만 기준이 너무 높다 보니 걸리지 않는 사람이 없다는 거다.

이장희 눈에 비친 속물 백기만과, 백기만 눈에 비친 패잔자 이장희는 언성을 높여 싸울 때가 많았고 성격이 급한 백기만의 막말에 이장희가 절교를 선언해서 돌아서기도 했다. 절교를 선언하는 그 기백을 장하게 생각할 정도로 백기만은 여유가 넘쳤다. 《금성》 동인 유엽은 서너 차례의 절교장을 받았다고 했으니 이장희가 생각만큼 냉정하지도 않고 모질지도 못했던 인물일 수도 있다. 이장희는 자존심을 내려놓고 자신이 먼저 백기만의 집을 찾았지만 그 결벽증은 언제든 세상과 거리를 두게 하거나 타인과 불화하게끔 만들었을 것이다. 초나라 굴원이 「어부사」에서 세상 사람들이 모두 흐려 있는데 나만 홀로 맑아서 추방당했다고 하더니, 속된 것을 참지 못하는 이장희가 바로 그 유별난 맑음의 소유자가 아닌가 싶은 것이다.

물론, 「눈」에선 맑음의 주체가 시인이 아니라 눈이긴 하다. 아름다운 흰 눈이나 그만큼의 고귀한 존재에 비하여 이장희 자신은 거기에서 멀리 떨어진 더러운 몸이 되었다고 탄식한다. 일본에서 공부한 게 미안해서 부끄러움과 참회를 말하는 윤동주 시인의 정서와 일맥상통하는 것일 테다. 세속의 잣대보다 자기 안의 도덕심을 더 중하게 생각하고 하늘을 우러러 한 점 부끄럼이 없기를 바라는 이들이야말로 천생 시인이 아니었을까.

특히 이장희의 경우, 부끄러움과 뉘우침이 자못 깊어서 그 열기로 거듭 타오르고 있다고 했다. 깨끗한 「눈」(1956)의 세계에 동참하기 위해 자기 가슴의 가래라도 뱉자고 했던 김수영 식의 몸짓까지 나아가지 못한 점이 있다고 하더라도, 조선 독립의 염원과 식민 지배의 현실이 아직 한 쪽으로 기울지 않고 대치되던 1920년대 공간에서 자신을 완전 연소시킬 정도의 자책과 자기부정의 시인이 결코 흔한 것은 아니다.

굴원 이야기에 나오는 어부는 세상이 탁하더라도 그 안에서 어찌할 도리를 찾아야지 않겠냐고 충고한 바 있다. 이 어부의 말이 굴원 같고, 이장희 같고, 윤동주 같은 사람에게 쉽게 파고들 리 없다. 맑고 깨끗한 것에 대한 지향과 그러지 못한 현실 사이에 절망하여 투신한 굴원이나, 자신이 더러움에 물들었다며 스스로를 괴롭히는 이장희는 동류로 보인다. 이들의 극단적 선택마저 옹호하기는 어렵다고 하더라도, 부정에 대한 경계심을 늦추어 낭패를 당하는 일들이 잦은 현실에서 결벽에 가까운 이들의 삶이 도드라져 보이는 면도 있다.

4. 버드나무 위 고양이 신세

나이 차가 나는 오상순과 이장희의 관계는 한결 깊고 부드러웠다. 공초 오상순은 어머니가 돌아가시고 계모가 들어온 십대 중반 이후 일정한 거처를 갖지 않고 방랑을 일삼았다. 교회 전도사에서 불자로 길을 바꾸어 걷다가 1920년대 중반 이후 대구를 종종 찾았으며 주로 이상화 사랑방에서 이장희를 만났다.

이장희가 죽기 전에 마지막으로 찾은 곳도 남산동 오상순의 집이다. 이때 오상순은 부산 범어사에 내려가 있었다. 이장희가 오상순을 만나지 못한 채 눈물을 글썽이며 돌아서더라는 집 주인의 말을 듣고 오상순은 가슴 아파한다. 이장희가 죽고 난 뒤, 달성공원 옆 조양회관에서 유고 전람회를 가진 후 이장희의 유고를 이상화에게 맡겼다가 분실한 사건을 자세히 언급하며 가장 애달파한 이도 오상순이다. 분실 이유와 분실 작품 수는 다소 애매하다. 일본 경찰이 이상화 가택 수사 중 이장희 작품까지 가져갔다는 것인데 미발표 원고가 8편이라고 백기만은 말했다. 이장희 사후 이십 년 후의 이야기인 데다 처음의 기록과는 전하는 어감이 미묘하게 다르다. 사후 7주년이 되었을 때 분실 유고가 백 편은 되었다고 전한 오상순의 말이 가장 근사치에 가까울 걸로 본다. 현재 전집엔 고작 34편이 실렸을 뿐이다.

오상순은 이장희의 「봄은 고양이로다」를 두고, "고양이 속에 봄을 살리고 시를 살린 그 순간은 바로 영원 그것이다."라고 했으며 이장희가 고양이를 살리기 위해 세상에 태어난 시인이라고까지 이 작품을 상찬한다. 이장희의 기일을 챙겨 매년 제사를 지내던 오상순은 이장희를 추억하는 뜻으로 고양이를 길렀다. 그 고양이가 숨을 거두자, 딸이 죽었다는 부고를 내서 조문을 받고 부의금을 술값으로 사용했다는 일화가 전설처럼 전해지고 있다.

이장희는 「봄은 고양이로다」뿐만 아니라 「고양이의 꿈」, 「비인 집」에서도 고양이를 언급한다. 근대시에서 고양이를 다룬 작품이 거의 없는데 이장희의 시에 무려 세 편이나 고양이가 등장하는 셈이다.

시내 위에 돌다리,
달 아래 버드나무.
봄안개 어리인 시냇가에, 푸른 고양이
곱다랗게 단장하고 빗겨 있소, 울고 있소,
기름진 꼬리를 치들고

밝은 애닲은 노래를 부르지요.
푸른 고양이는 물오른 버드나무에 스르르 올라가
버들가지를 안고 버들가지를 흔들며
또 목 놓아 웁니다, 노래를 부릅니다.

멀리서 검은 그림자가 움직이고,

칼날이 은(銀)같이 번쩍이더니,

푸른 고양이도 볼 수 없고,

꽃다운 소리도 들을 수 없고,

그저 쓸쓸한 모래 위에 선혈(鮮血)이 흘러 있소

-「고양이의 꿈」전문 (《生長》 5호 1925년 5월)

'푸른 고양이'가 환기하는 이미지와 쓸쓸한 정서를 근거로 윤장근은 하기와라 사쿠타로의 『우울한 고양이〔靑猫〕』(1923)의 영향을 얼마간 받았을 것으로 보았다. 청묘를 푸른 고양이로 직역하지 않고 우울한 고양이로 번역한 것은 하기와라 사쿠타로가 '푸른'을 영어의 blue가 갖는 '우울한'이란 의미로 차용했기 때문이다. 하기와라 사쿠타로는 시집 서문에 시를 쓸수록 시에 자신을 가질 수 없는 자기 모습이 비참하고 우울한 고양이의 악몽에 지나지 않는다고 썼다. 수록 시 중에 「우울한 고양이」말고도 「쓸쓸하고 우울한 고양이」란 시가 있다. "여기에 한 마리의 우울한 고양이가 있다. 그리하여 버드나무는 바람에 나부끼고 묘지에는 달이 떠 있다"는 짧은 시다. 이 시를 늘려 쓴 버전이 이장희의 「고양이의 꿈」이라고 해도 말이 된다.

하기와라 사쿠타로뿐만 아니라 당시 일본 문인들과 일본에 유학 온 조선 문인들은 프랑스 상징주의에 크게 경도되었다. 상징주의의 문을 열었다는 보들레르의 『악의 꽃』(1857)에도 「고양이」가 있다. 이장희는 일어로 번역된 보들레르, 말라르메, 베를렌의 시를 즐겨 읽었다. 보들레르와 말라

르메는 미국의 에드거 앨런 포를 좋아했으니 포의 대표작인
『검은 고양이』(1843)가 상징주의 시인들에게 미친 영향도 없
다고 할 순 없겠다. 당시 이런 분위기를 반영하듯 몽마르트
엔 '검은 고양이'란 카페가 들어서고 이곳은 로트레크와 에
릭 사티 그리고 이들의 연인이었던 수잔 발라동이 출입하는
명소가 되었다.

　포는 세 살 때 어머니를 잃고 입양되어 자랐다. 자신이
하고 싶은 이야기를 포가 하고 있다는 말을 하며 포의 작품
을 프랑스어로 번역하는 데 공을 들인 사람이 보들레르다.
보들레르는 서른 살 이상의 나이 차를 갖고 후처로 간 어머
니 밑에 태어났으며, 여섯 살 무렵 친부가 죽고 의부 밑에서
자라게 된다. 검은 고양이를 좋아했던 에릭 사티 역시 어머
니를 일찍 여의었고 수잔 발라동은 아버지가 누구인지 모른
다.

　이장희가 읽었을 것으로 짐작되는 『나는 고양이로소이
다』(1923)의 나쓰메 소세키도 어릴 때 입양 갔다가 양부의 죽
음 후 친가로 돌아오는 우여곡절을 겪었다. 소설 속 고양이
주인으로 나오는 구샤미 선생은 위장병을 앓고 신경증이 있
는 인물로서 고리대금업으로 부자가 된 이웃에 상당한 거부
감을 보인다. 구샤미에게 나쓰메 소세키의 모습이 투영되었
겠지만 왠지 이장희 모습이 얼른거리는 기분이다. 소설 말
미에 술에 취한 고양이는 항아리 위를 헛디뎌 익사하고 만
다. 고양이의 쓸쓸한 최후처럼 고양이를 중심으로 언급한
여러 예술가의 삶이 하나같이 평탄치 않다. 포나 보들레르,

또 이들을 좋아했던 예술가들의 흔적을 더듬게 되면 이상할 만치 비슷한 상실감을 공유하면서 영향을 주고받았음을 알 수 있다.

이장희가 포의 소설을 직접 읽었는지 여부는 알 수 없지만 「고양이의 꿈」 끝 연에서 보여주는 신비스럽고, 불안하고, 야릇하고, 공포스런 분위기는 포의 소설이 주는 느낌과 유사하다. 움직이는 검은 그림자란 표현에서 회벽에서 나온 검은 고양이의 섬찟함이 느껴지고, 번쩍 소리와 함께 사라지는 고양이 모습에서 폭풍과 번갯불 속에 무너져 내리는 어서 저택의 모습이 연상되는 까닭이다.

하지만 「고양이의 꿈」 분위기가 마냥 어두운 것은 아니다. 오히려 도입부는 물오른 봄의 싱그러움이 느껴진다. 이장희의 시 중에 「비 오는 날」, 「연」, 「저녁」엔 버드나무나 버들가지가 등장한다. 대체로 그리움의 정서가 바탕에 깔려 있는데 이 시도 그렇다. 돌다리와 버드나무는 이장희 생가에서 두세 블록만 내려가면 만날 수 있는 대구천 부지의 다리와 버드나무일 확률이 높다. 남성로와 서성로 밖을 지나온 대구천 강물은 달성공원 앞을 지나는 달서천에 합류하니 이 또한 이장희의 생가에서 멀지 않은 곳이다. 현재 대구천은 주요 물길을 신천으로 돌리면서 그 흔적을 찾기 어렵고, 달서천도 복개되어 돌다리도 버드나무도 볼 수 없다.

이장희는 마음이 울적할 때면 이곳 강을 찾았다. 아버지와 다투거나 집안의 공기를 견디기 힘들 때도, 상화를 중심으로 모이는 사람들이 불편해질 때도 어스름을 기다렸다가 강을 찾았다. 더러 돌다리 위를 지날 때면 자신이 좋아하던 뭉크 그림 〈절규〉처럼 비명을 지르고 싶었을지도 모르겠다. 시인은 강변 버드나무 가까이 와서야 조금은 안정을 찾는 분위기다. 일곱 살 때 어머니를 여읜 김기림 시인이 "동구 밖 그 늙은 버드나무 밑에서 나는 지금도 돌아오지 않는 어머니, 돌아오지 않는 계집애, 돌아오지 않는 이야기가 돌아올 것만 같아 멍하니 기다려 본다. 그러면 어느새 어둠이 기어나와서 내 뺨의 얼룩을 씻어 준다."(「길」, 1936)고 했을 때의 정서도 이와 같았을 것이다.

버드나무에 이는 바람과 어둠이 어린 김기림을 자꾸 쓸어주고 위로해 주었던 것처럼 버드나무 아래의 이장희도 청천 달빛에 어머니 손길을 느꼈을 법하다. 버드나무에 오른 고양이가 목 놓아 우는 것은 시인 자신의 그리움을 한껏 발산해 본 것일 수도 있지만 이장희를 둘러싼 차가운 현실은 그리움조차 오래 허락하지 않는 것일까. 푸른 고양이는 자취도 없고 검붉은 피의 자국만 을씨년스럽다.

5. 떠나고 싶었으나 떠날 수 없는 몸

이육사 시인은 수필 「산사기」(1941)에서 여행에 이유가 필요하다면 그것은 여행이 아니고 사무인 까닭이라고 했다. 여행 계획이나 결의를 세우기보다 한 번 척 느꼈을 때 출발하는 게 좋다고도 했다. 이육사가 시대를 잘 만났다면, 바쁜 중에도 마음의 여유를 잃지 않고 발길에 정처를 두지 않는 낭만적 여행자로 살았을 거란 생각이 절로 드는 대목이다.

이상화 시인의 작품 중에도 나름 여행 기분을 내면서 팔공산 파계사에 들렀을 때 썼다는 「지반정경」이 시적 정서가 그윽하고 완성도도 높다. "이곳이 세상 같고, 내 한 몸이 모든 사람 같기도 하다!"에서 보듯 세상을 멀리 떠나온 곳에서 세상을 깊이 품을 수 있다는 게 여행의 매력일 것이다.

오상순의 「방랑의 마음 1」엔 방 안에 가만히 앉아서도 바다를 마음에 불러일으키며 바닷소리를 듣고 냄새까지 맡는다는 시구가 나온다. 그렇다고 오상순이 골방에 갇혀 지낸 것은 아니다. 스스로 굴레 벗은 말과 같이 젊은 날을 자유 방랑하는 삶을 살았고, 그런 자신을 이장희가 몹시 부러워했다는 말을 남겼다.

대구에서 나고 자란 이장희는 일본에 5년 유학을 다녀오고 그 이후론 대구와 서울을 오갔을 뿐 다른 지역을 방문한 기록은 남아 있지 않다. 이장희는 마음속 연인 에이꼬가 있는 일본에 다시 가려고 했으나 아버지의 반대로 무산된다. 세상과 타협하기 싫고, 부모와 가족이 견디기 힘들고, 친구가 도움 되지 않을 때 주위 공기를 바꾸어주는 여행이 약방문보다 잘 듣는 처방이 될 수 있다. 이육사의 충고대로 생각날 때 바로 떠나면 될 일이다.

저기 고요히 멈춘
기선의 굴뚝에서

가늘은 연기가 오른다.

엷은 구름과
낮 겨운 햇빛은
자장가처럼 정다웁구나.

실바람 물살 지우는 바다 위로
나직하게 VO - 우는
기적의 소리가 들린다.

바다를 향하여 기울어진 풀둔덕에서
어느덧 나는
휘파람 불기에도 피곤하였다.

- 「봄철의 바다」 전문 (《신민》 26호 1927년 6월)

「봄철의 바다」는 바다 건너 일본을 다닐 때의 경험이 반영되어 있을 것인데, 이장희가 읽은 말라르메의 「바다의 미풍」 분위기도 얼마간 있다. 「바다의 미풍」은 육체의 슬픔을 탄식하면서도 돛을 흔드는 기선을 타고 낯선 곳으로 가자는 육성이 담긴 시다. 기선의 굴뚝 위로 보이는 "엷은 구름"은 보들레르가 그렇게 사랑한다는 "흘러가는 구름"(「이방인」)이다. 아버지도, 형제도, 조국도, 친구도, 미인도, 황금도 대신할 수 없는 그 무엇이 구름에 있다.

보들레르가 미처 말하지 않은 그 무엇과 이장희가 바라

는 그 무엇이 꼭 일치한다고 할 순 없겠으나 그 무엇을 향해서 떠나는 VO - 소리만큼은 시인과 독자의 가슴을 경쾌하게 놀게 한다. 그런데 모든 것이 떠나는 곳으로 또 바다로 기울어져 있는 그 순간 이장희는 돌연 자신과 독자의 기대를 함께 놓아버리고 만다. 이장희가 자주 내뱉었다는 권태라는 말과 우울이란 기분에서 조금도 벗어나지 못하고 "휘파람 불기에도 피곤"할 만큼 몸과 마음이 지쳐 버렸다는 것이다.

드보르자크의 〈유모레스크〉를 좋아해서 휘파람으로 곧잘 불던 이장희건만 이즈음의 현실은 그런 여유조차 앗아간 것일까. 어디든 떠나고 싶었으나 떠날 수 없었던 날들이 몸에 배이고, 꿈과 모험이 사어가 되고 희망조차 낯설어지기 시작할 때 이장희의 남은 선택은 극히 제한되어 있었다.

6. 날개 단 금붕어

이장희는 극단적인 선택을 하기 전에 금붕어를 연하여 그렸다. 『상화와 고월』 속지엔, 이장희의 유일한 친필 글씨로 알려진 '박연博淵'이 있다. 적어도 이 글씨체엔 내성적이고 신경질적인 기운을 발견하기 어렵다. 굵직하니 망설임 없이 눌러 쓴 글씨체엔 박력이 넘친다. 이장희는 좁은 어항 속에 뻐끔거리는 금붕어가 아니라 넓은 연못을 자유롭게 유영하는 금붕어를 꿈꾼 것이다. 대구 생가 행랑채에 틀어박

혀 잡지에도 방바닥에도 철필이나 만년필로 금붕어를 그리
던 이장희는 먼 바다와 잇닿은 푸른 하늘을 무작정 날고 싶
은 충동을 더는 어찌하지 못한다. 유언 대신 시편들을 한곳
에 모아둔 이장희는 금붕어에 날개를 붙이고 강가 버드나무
위의 구름과 놀기도 하면서 그예 물기를 찾아서 어머니 품
에 안기었을 것이다. 이장희의 나이 스물아홉의 일이었다.

비보를 접한 양주동은 통곡 끝에 "시인 이장희 군의 예
술은 결국 남을 대로 남을 것이요, 오직 아는 자라야 알 것
이다."라고 했으나, 앞서 말한 대로 고인이 직접 철해 둔 유
고가 사라진 마당에 누구든 "아는 자" 노릇을 제대로 하기
어렵게 된 점이 서운할 따름이다. 이상화와 함께 그의 시편
들을 제대로 보관하지 못한 백기만은 미안함에 등에 땀이
날 정도라고 했다.

오상순은 자신의 심장을 쪼개면 이장희가 박혀 있을 거
라고도 했다. 또한 이장희의 존재감을 말하면서도 고양이
작가가 쥐약을 먹은 게 아이러니라고 적었지만, 2020년 이
장희 탄생 120주년 행사를 해놓고 아파트 부지에 편입된 생
가를 밀어버린 것 또한 지독한 아이러니가 아니고 뭐겠는가
싶다.

이상화 생가 '라일락 뜨락' 골목 곳곳엔 금붕어 그림이
생가 찾아가는 길을 안내하고 있다. 이장희가 서운함을 풀
고 사랑방으로 흔쾌히 오기를 바라는 이상화의 마음을 주인
이 대신 표현한 것이다. 이장희의 얼마 되지 않은 시에 버드
나무, 고양이, 개구리는 종종 보이지만 금붕어에 대한 언급

은 없다. 이미 분실한 유고에 있지 않을까. 기적적으로 유고가 발견되지는 않을까 하는 일말의 기대를 끝으로 시인 이장희로부터 빠져나오려고 한다. 이상화의 라일락나무, 이장희의 버드나무, 백기만의 은행나무(「은행나무 그늘」), 또 이들의 우정과 예술을 기리는 졸시 한 편을 놓고 가는 것이 흠되지 않기를 바라면서.

상화 생가, 라일락나무 아래
고양이 걸음으로 오는 옛 기척을 듣는다.

(이하 76P 참조)